党旗领航系列之红色基因传承
华中科技大学文科双一流资助项目

大别山红色故事

岳奎 主编

中国出版集团有限公司
研究出版社

图书在版编目(CIP)数据

大别山红色故事 / 岳奎主编. -- 北京：研究出版社，2025.5. -- ISBN 978-7-5199-1802-6

Ⅰ. I247.81

中国国家版本馆CIP数据核字第2025NL5266号

出 品 人：陈建军
出版统筹：丁　波
图书策划：寇颖丹
责任编辑：韩　笑

大别山红色故事
DABIESHAN HONGSE GUSHI
岳　奎　主编

研究出版社 出版发行

（100006　北京市东城区灯市口大街100号华腾商务楼）
北京隆昌伟业印刷有限公司印刷　新华书店经销
2025年5月第1版　2025年5月第1次印刷
开本：880毫米×1230毫米　1/32　印张：6.75
字数：117千字
ISBN 978-7-5199-1802-6　定价：48.00元
电话（010）64217619　64217652（发行部）

版权所有•侵权必究
凡购买本社图书，如有印制质量问题，我社负责调换。

前　言

为深入挖掘大别山革命历史资源、传承红色基因,中国出版集团研究出版社联合华中科技大学马克思主义学院推出《大别山红色故事》一书。作为华中科技大学文科"双一流"资助项目及"党旗领航之红色基因传承工程"重点项目,本书以习近平总书记"把红色资源利用好、把红色传统发扬好、把红色基因传承好"重要指示为根本遵循,依托鄂豫皖三省档案馆原始档案、口述史料及革命遗址考察,系统梳理1921—1949年大别山革命斗争史实,从中精选30余个故事。

编写团队秉持"真实性、典型性、教育性"原则,既勾勒徐向前、高敬亭等将领的军事实践作为历史背景,也聚焦"红管家"汪立荣护款、"夹墙救治红军"等普通军民的感人事迹,构建起血肉丰满的精神图谱。作为高校红色文化育人创新

实践，本书编写得到湖北大别山革命传统教育基地、大别山革命史和大别山精神研究院指导支持，相关案例已融入多所高校"行走的思政课"实践教学。

华中科技大学马克思主义学院将持续推进大别山精神学术研究，让红色基因在新时代焕发更强生命力。本书的出版，既是对习近平总书记"用好红色资源、赓续红色血脉"重要指示的践行，也为新时代红色文化教育提供了示范样本。

目录

"红管家"汪立荣力保公家钱　　/ 001

甘洒热血祭红旗　　/ 008

耿大妈腾房养伤员　　/ 012

看护程桂香以身殉职　　/ 018

鄂豫皖边特委会莲花背会议　　/ 023

巾帼英雄张国英　她送丈夫当红军　　/ 031

一双布鞋缴获敌人一把盒子枪　　/ 041

地下共产党员耿协成烈士的传奇故事　　/ 046

夹墙救治红军　　　　／ 052

秦敬义铁血锄奸　　　／ 058

红小鬼勇参军　　　　／ 063

汪烈山：捐躯赴国难　视死忽如归　　／ 068

血染鸡公寨　花开大别山　　／ 082

大别山里女英雄　血肉之躯铸丰碑　　／ 088

稻田里的英雄　　　／ 094

永远燃烧的革命烈火　　　／ 099

一名"教书先生"的故事　　　／ 105

革命赵子龙——潘忠汝　　　／ 111

泣血的"百灵鸟"　　　／ 118

一条鲤鱼退敌军　　　／ 125

目 录

永不退场的红色公诉人　　　/　131

生日之祭　　　/　141

两块光荣牌　　　/　145

一个枕套的故事　　　/　152

陈祥改名　　　/　159

唐明春"金蝉脱壳"　　　/　168

大别山往事　　　/　173

粉身碎骨浑不怕　要守秘密在心间　　　/　179

笔架山下初建党　　　/　187

一件救命的花棉袄　　　/　195

"独目上将"巧运枪械　　　/　201

"红管家"汪立荣力保公家钱

◇ 讲述：汪德乐
◇ 整理：胡凤泉　汪绪红

汪立荣，1895年生于黄安县（今红安县）七里坪莲花背村的一个贫苦农民家庭，自幼就饱尝了人间疾苦，受尽了地主豪强的压迫。他从小就对当时黑暗的社会强烈不满，对地主劣绅无比憎恨。

1927年，熊家咀发动"九月暴动"，打响了黄麻起义第一枪。年满32岁的汪立荣，在程昭续等人的带动下，加入了中国

共产党。因他行事稳重，有从商经历，原则性极强且不失灵活，不久就被任命为紫云区守备队队长。1931年，他又被任命为紫云区苏维埃经济公社主席。任职期间，他处处带头，把经济公社管理得井井有条，经济活动更是办得有声有色，被誉为"红管家"。

这个铁公鸡我当定了

秋天，是收获的季节，也是经济公社最繁忙的季节。经济公社从四邻八乡购进一批农产品，送到镇上卖掉，返回时在镇上购进一些生活必需品回来销售，一进一出，从中赚个脚力钱。旧时的村民大多一年下来手上也没有几个钱，所以普遍用农产品到经济公社对换货物。那时交通不便，往来镇上几十里的山路都靠人肩挑背扛，一个往返就是一整天，有时还要摸黑。

一天清晨，天还没有放亮。汪立荣带着几个人赶往镇上卖谷子。他们一人挑着一担百十来斤的稻谷，汪立荣挑着谷子走在前面带路。粜粮的队伍沿着崎岖的山路紧走慢赶，到达镇上时已过了晌午；卖完谷子，又去镇上选购了些商品，不知不觉中时间已到下午近四点了。因起得太早，挑着沉重的担子走了几十里的山路，带的干粮早已吃完，大家感到又饿又疲劳。于是有人提议："汪主任，大伙儿肚子都空了，这往回走又是几十里的山路，还要挑着担子，一人买根油条填个肚子呗。"一听此话，汪立荣立马沉声应道："那可不行！这是公社的钱，是苏维埃政府的钱，也是我们干革命的本钱，一分也不能乱用。"顿了顿，他又说道："我知道大家都饿了，我也很饿，我们克服一下。把裤腰带系紧点，等会儿在回去的路上摘些野果充充饥，挨到家里就能吃晚饭了。"

秋天的山里野果子还真多,像山楂、苦桃等都是村民们充饥解渴的好东西。大家都是山里人,自小就是吃着山里的野果子长大的,自然信汪立荣的话,便没有人再说什么了,跟着他挑起担子匆匆往回赶。

后来,有人提起这件事,跟汪立荣开玩笑:"你真是只铁公鸡!"汪立荣正色说道:"为了闹革命,为了苏维埃政权,这个铁公鸡我当定了。"

即使我牺牲了也要保住公家的钱财

经商总是免不了赊欠的,经济公社也一样。1931年年底,经济公社也到了该起账的时候。

一天,汪立荣到镇上讨要欠款,恰好对方也到外面讨账去了。路途遥远、时间紧,汪立荣只得等对方回来。等了大半天,结清欠款已经很晚了。为了安全起见,他把棉裤拆开,把钱款用针线缝在里面,反复检查几次,确认万无一失后才扛起扁担往回赶。

汪立荣身材魁梧，走起路来也很快。当他走到一个叫土门坳的地方时，天已经快黑了。土门坳是一个不大的山坳，一头连着龙王山，一头连着大斛山，地形复杂，前不着村，后不着店。两座山山高林密，地势险要，平时就不太平。倘若一个人走到这里，即使白天也觉得阴森恐怖，到了傍晚更是让人提心吊胆。

汪立荣一边小心翼翼地步行在土门坳中，一边警惕地注意着四周的动静。突然，几个彪形大汉从路两侧的树丛中冲了出来，将汪立荣团团围住。

汪立荣十分冷静，他迅速地扫了几人一眼，发现一共有6个人，其中一人双手握着一杆火铳，其余几个人则各自扛着砍刀、棍棒之类的武器。汪立荣心想：这下硬闯是不行了，等下看准机会再逃走。

只见一个领头模样的走到他跟前说："乖乖把钱拿来就让你走，不然的话让你吃铳子。"那个拿火铳的还朝汪立荣比画了两下。

汪立荣见此情景，连忙说道："好汉行个方便！家里老人病了,急急忙忙回去,身上确实没有钱。"

"别废话,先把他带回山上仔细搜查,真的没有钱就留下来打杂。"那个领头人恶声恶气地骂道,同时向另外几个人打个手势,其余几个人见状便围了上来。

汪立荣连忙说道:"好!好!我跟你们走就是。只是这山路我不大熟,还麻烦你们在前面带个路。"

那头头瞥了他一眼说道:"我们在前面走,你们两个在后面盯紧点儿,别让这家伙跑了!"他还指了指那个端火铳的和另外一个人。于是,这帮人收缴了汪立荣的扁担,押着他向山上走去。

汪立荣一边走一边思考着该怎么脱身。他心想:等下只要把这个拿火铳的打倒就好了,其余的反正也没有枪,打倒后就跑,他们未必追得上我,况且天快黑了他们也不敢追。

山路越来越崎岖,山势越来越陡峭。紧跟在汪立荣后面的人手握的火铳几次都戳到他的后背。脱身就要趁现在,汪立荣猛然转身,一拳猛向那人打了过去。汪立荣人高马大,力道又沉,此时更是用尽了全力。那人猝不及防,向后倒下。汪立荣毫不犹豫地从他身上跨过，飞奔而去，待土匪们反应过来时他早已跑远，哪里还追得上！

事后，有人问汪立荣："土匪6个人，你当时怎么敢那么做？""钱是公家的，是革命的经费，即使我牺牲了也要保住公家的钱财！"

1932年10月，红四方面军撤出鄂豫皖老区后，经济公社便停止了营业，汪立荣和其他同志或转入游击队或从事地下工作。1933年一个深秋的夜晚，汪立荣因事潜回家中时不幸被敌人逮捕。敌人满心欢喜，心想一个经济公社主席身上必有不少油水。谁知，他们一个子儿也没捞着，不禁恼羞成怒，当即在汪立荣家中将其杀害。汪立荣牺牲时年仅38岁。

从汪立荣身上，我们看到了一个普通共产党员坚定的共产主义理想信念、朴素的爱党信党情怀。即使自己牺牲，也始终无怨无悔，这就是共产党人赤胆忠心的真实写照。新时代的共产党员，更应在思想上、政治上、行动上与党中央保持高度一致，不畏前路多艰险，始终英姿勃发书写荣光。

甘洒热血祭红旗

◇ 梁　莹　程儒家

程怀天（1901—1927），黄安县（今红安县）七里坪镇熊家咀村人，1926年参加革命，同年加入中国共产党。1927年9月，程怀天与程昭续、程怀荣等人组织发动农民暴动，在黄安首次举起了工人农民联盟党义旗。红旗猎猎，划破长空，也在革命老区黄安县28年红旗漫卷的革命史诗中搅起惊天风云。

暴动前几日，程昭续指派几名妇女将藏在家中的农民协会犁头旗改为了斧头镰刀旗。待到暴动之时，程怀天奋力挥臂，将这面象征着中国共产党领导下的工人农民联盟的党旗高高举起，鸣锣示众。一时间，红旗招展，锣声高亢，极大地激发了人们澎湃激昂的革命斗志。三百多名农民迅速聚集起来，他们手持刀矛，斗志昂扬，前往捉拿反动地主程瑞林。

清算地主的土地和财产后，在处决程瑞林的大会上，群众对这面旗帜不甚了解，很是好奇。程怀天便擎着红旗讲解道："这是一面中国共产党党旗，旗帜指引着革命方向，我们要在共产党领导下闹革命，直到贫苦农民都有土地，被压迫的工农全部解放。我们共产党员誓死用生命和热血捍卫红旗，保卫革命成果。"现场群众备受鼓舞，掌声雷动。

熊家咀村暴动成功后，程怀天斗志昂扬，他和战友们又一起参加攻打黄安县城的黄麻起义。1927年冬，全国革命转入低潮，黄安县城最终失陷，主力部队工农革命鄂东军转移阵地作战，国民党第十二军对起义地区进行疯狂的反扑，视七里紫云区为匪区，定为清乡的重点。敌十二军窜扰檀树岗前，程怀天已将公款账簿全部掩埋起来，自己转入了地下，但仍旧坚持斗争。虽然无法再如"九月暴动"时那样站在高处挥动党旗，但程怀天继续在地下隐蔽地做着斗争。

1927年冬，程怀天不幸被捕于坳背方家湾，随后被押至箭厂河审讯。敌人软硬兼施，威胁恐吓，但程怀天革命意志坚定，更是将生死置之度外，始终坚贞不屈。数九寒冬，反动民团剥光他的衣服，将他推到冰天雪地里，逼他交出地下党组织名单和清算土豪地主时缴获的银圆。程怀天在风雪中咬紧牙关喝道："你们要老子出卖同志当叛徒，除非太阳从西边出来。"敌人进而以死相威胁，他大义凛然道："要杀就杀，要剐就剐，何必多问。"敌人见他如此刚烈，实在是毫无办法，便恼羞成怒，将其手脚叉开，用铁锤和长长的铁钉将他的手脚钉在门板上。尽管可怕的钉子穿过他的身体,哪怕剧痛难忍,他仍然面不改色,无所畏惧,反倒破口大骂起来:"你们这些狗日的东西,谁胜谁败,二十年以后再看吧,胜利一定属于人民!"敌人怒不可遏,当场砍下他的一条腿和一只胳膊。知道自己难逃一死的程怀天仍不改其志,纵声高喊:"共产党万岁!"恼羞成怒的敌人最后将他凌迟处死,这年他才26岁。

红旗是革命的旗帜,是革命理想的方向,程怀天25岁入党,26岁就义,他用不到一年的短暂的党龄,演绎了革命党人坚定不移、虽死不悔的革命精神。程怀天将热血洒在苏区的土地上,首举义旗的他实现了他血染红旗的誓言,为党旗添光加彩!

耿大妈腾房养伤员

◇ 胡凤泉　程儒家

在黄安县(今红安县)七里坪镇熊家咀村,至今还流传着九十年前耿大妈祖孙三代挤一室,腾房养红军伤员的感人故事。

1930年,中国共产党领导下的红军开创了鄂豫皖革命根据地,鄂豫皖边区红军后方总医院、红军被服厂就设在熊家咀村姜家岗。医院刚刚建成,便每天都有大量伤员从前方战场被运送过来。纵使红军伤员恪守纪律,强忍伤痛而鲜少哭喊，纵使红军医护步履沉稳，训练有素，乡亲们还是看见了这样的场景：年轻的革命战士们伤痕累累、命悬一线地挤在缺药少床的战地医院；他们的鲜血染红了衬衣，他们的鲜血模糊了面容；他们缺少了手臂，他们胸膛大开、肚腹残破；他们只能裹着薄薄的被单，他们只能三五个地挤在长凳上短憩。乡亲们不由得红了眼眶，安静的村庄到底还是因为红军的到来沸腾了起来。

当时红军医院处于初建期，医生较少，药品短缺，又因前方战事变化，不仅院址随时因为战事而转移流动，伤员安置也成了最令人头疼的问题。医院条件非常简陋，腾间空房就当作药房，堆积着郑位三先生在七里坪经营的"大生祥"药房筹措而来的药品和医护、乡亲们采集的草药。奎宁、盘尼西林这类治疗伤病的救命药很少，在遭遇着残酷封锁、围剿的根据地是极其珍贵的。幸运的是根据地背靠山脉连绵的大别山，仿佛拥有了天然的药品宝库。乡亲们帮着医护采集来牛耳大黄，它既可以用来为疮口消毒，又是有效的止血药；常山、柴胡、水皂角是治疗疟疾的好帮手；黄连、黄芩配上另外几种草药汤头可以治疗红军战士伤口的化脓感染。支一张简单的手术

床就可以做手术,红军医生在这里无数次展开了与死神的拉锯战,在极端残酷的医疗环境中挽救了一个个生命垂危的革命战士。

眼见医疗条件如此艰难,村民们虽万分焦急,但也毫无办法。当政府要把伤病员分派在本湾或邻近村的百姓家休养时,正愁帮不上忙的村民们忙不迭地答应下来。没有更多的床,村民们就果断将家中门板拆下,铺一条棉被当作病床,战士们便有了尚算平整的独立病床。当年姜家岗湾有65户,但有条件接纳伤员入户的只有31户,仍有大量负伤的革命战士不得不强忍伤痛,挤成一团。住在湾子里的耿大妈默默在心底打定了主意。

耿大妈是一位军属,丈夫姓姜,家里有六间土瓦房,外加两间小屋做灶房和畜圈。细数下来,家中有五个儿子,两个参加了红军,两个外出未归,现在她与四儿子姜有德一家共十口人一起生活。政府干部到她家分派住房,耿大妈二话没说就答应了提供四间房。原本一人一间房,生活得十分惬意,现在不得不四五个人挤在一间房里,儿子、儿媳妇背地里埋怨说房间让太多了。耿大妈语重心长道:"红军是为革命受伤的,现在他们负伤了，总得有个遮风避雨的地方。至于我们家人住屋，窄窄铺，窄窄眠，暂时挤一下没什么大不了的。俗话说，只有池塘里闷出去的水，冇得家里闷出去的人。"如此一来，儿子、儿媳妇也不再抱怨。

1931年，在庆祝"十月革命胜利纪念日"的欢呼声中，中国工农红军第四方面军在七里坪镇宣告成立，下辖第四军、第二十五军和彭杨军政学校，总兵力达到了三万人。当年11月到12月间，正值黄安战役鏖战不休，伤员增多，不大的红军医院瞬时间挤满了人，走道上、门廊里的红军战士更是挤作一团，伤病员碰上数九寒冬，十分难挨。

耿大妈一咬牙，一跺脚，催促着晚辈们腾房，让自家祖孙三代共挤一室，再多挤出了一间房给红军伤员。如此一来，她一家最多时竟住了23名伤员。

家有十口乐陶陶，如今却免不了吵闹。家里一下子添了许多伤员，又有医护来往，整洁安静的家顿时如同旅社。伤员们疼痛时难免喊叫，半夜想家时也止不住哭泣，又兼着人来人往，昼夜不停，一下子打破了耿家的平静和安逸，大人孩子都不习惯。

耿大妈看着这群为国家、为民族、为穷苦的百姓不畏受伤、不惧牺牲的青年，心间涌起了无限的尊敬与爱护之情。她想那就回报以真诚无私的爱护之情吧！她耐心地说服家人，并和儿子、儿媳妇、孙子一道，力所能及地为伤员端茶喂水，端屎倒尿。在耿家的照顾下，本来杂乱无序的房间变得井井有条起来，来自五湖四海、奔走于各个战场的革命战士伤员在艰苦的革命斗争中真正感受到了弥足珍贵的家庭温馨。

政府实行养护伤员供给制，伙食千篇一律，很难适合每个人的胃口，也难以保证营养。有些伤员便吃得很少，伤情总是不见好，有些伤员面色一天天枯黄下去，还有些伤员连走路都没有力气。耿大妈看在眼里，急在心里：他们本来就受了重伤，吃不好饭，身体怎么能好呢！姜家是个小户，生活也不宽裕，但为了养护伤员，自家全部改吃红苕之类的粗粮，连孙子孙女也不例外，反倒把精细香甜的白米全数拿出来熬粥，又用舍不得吃的磨麦粉做面食调养伤员的肠胃，就这样伤员们慢慢能多吃几口，也逐渐地康复了。

一位河南罗山籍姓李的营长，胸部右侧枪伤，住院十多天昏迷不醒，身体虚脱，医院李院长查房时说是营养不良。耿大妈听了后，连忙回家抓了只过年都不舍得吃的老母鸡，浓浓地熬了一锅汤，亲自一勺勺地喂到李营长嘴里。耿大妈又怕李营长身体不能好，敦促着醒来的他又接连吃了两只鸡才放心。三锅鸡汤将重伤的李营长从垂死之境拉了回来，他苍白的脸上也逐渐有了颜色，伤口渐愈，临出院时，他对这位在他生命垂危时守护他、照顾他的大娘动情地叫了一声"妈"。

姜家为伤员腾房、一心护伤员的先进事迹受到乡政府的表扬。投之以毁家纾难、舍我其谁的革命恩情，报之以亲如一家、无微不至的照顾，这就是最动人、最温情，也最为寻常可见的军民鱼水之情。

看护程桂香以身殉职

◇ 梁　莹　程儒家

1930年的一天，七里坪镇熊家咀村姜家岗湾红军医院门口站着一位身体瘦弱的女孩，她正透过院门竹竿上晾晒着的泛黄的绷带，时不时紧张地向内张望，她叫程桂香。14岁的程桂香在1930年的这一天如愿成为一名红军护士，三年后，她用鲜活的生命将名字永远镌刻在了革命烈士碑上，也为中国革命史书写了军民间温情动人的一页。

1916年，程桂香出生于一个贫苦之家。父母靠佃田为生，辛苦抚育着四个孩子,程桂香是老大。她出生的村下湾和红军医院所在的姜家岗湾都在七里坪镇,这个历经了黄麻起义等革命洗礼的乡镇是黄安革命历史的开局之地,几乎每个村子都有青年参加革命。伴随着大革命的蓬勃发展,这里已逐步呈现出"家家有红军"的趋势,包括程桂香在内的村内孩童从小便是听着红军故事成长起来的。1930年2月,黄安县(今红安县)苏维埃政府将七里坪小北门命名为"光浩门",就是为纪念黄麻起义领导者之一的吴光浩烈士。1930年9月,黄安县苏维埃革命政府在七里坪创办了列宁小学,整个七里坪都笼罩在苏维埃革命的崭新的气氛中,程桂香也慢慢地了解了苏维埃,了解了中国红军。

这一年,红军医院招募女看护(即护士)。程桂香才14岁,却有着惊人的胆量和志气,思虑再三后,她下定了决心——去报名!去当一名守护红军生命安全的女看护!她瞒着父母,走了很远的路,终于找到了红军医院所在地,医院见她心灵手巧,就批准了她当看护。程桂香回到家,高兴地对父母说出实情,没想到竟遭到父母的强烈反对和阻拦。在父母眼里,她未来最重要的事情是嫁人,做一个好妻子,而看护工作有违"男女大妨"。但是，看看吧！看看红军医院躺着的小战士吧！他们多么年轻，他们是多么舍不得离开家乡、父母，他们冒着生命危险与残酷的敌人作战，他们顽强斗争，他们不胜不休。挽救这样的革命战士怎么能在乎那可笑的"男女大妨"呢？她铿锵有力地反问道："医院有很多伤病员躺在病床上疼得喊爹喊娘，是救命重要还是脸面重要？"更重要的是这些人是红军，是为了中国革命、为了劳苦大众而负伤的。她转身就赶往医院，一步也没有停留，一次也没有回头，义无反顾地走向了救死扶伤的战场。

进医院以后，她认真学习护理知识，不懂就问，全心全意为伤病员服务，把伤病员当亲人，深得伤病员称赞。她逐渐由懵懂的孩子成长为医院的护理骨干。当时的红军医院条件简陋，缺医少药，药品来源于战场缴获或到白区采购，医院也随着战局发展而经常搬家，在那样艰苦的环境里，程桂香从未因年龄小而掉队，甚至忙得没时间回家看望父母和弟妹。

1933年夏，鄂豫皖苏区形势大变，红四方面军长征转移到四川，医院转移时不得不留下一大批伤员就近休养，同时也留下一批医护人员继续陪护、医治。苏维埃政府将伤员化整为零,由护士带队分散转移。

程桂香这时才17岁,她从来没有离开过七里坪,从来没有离开过眼前的这片山坳。但是现在,革命要求她必须成长起来,成为一个大人,成为一名革命战士,她稚嫩的双肩担负起了包括自己在内的四名同志的生命安全、疾病治疗与日常生活。她带领着两位安徽籍和一位麻城籍的伤员,活动在黄安、麻城、新县崎岖的山区,她钻山沟、蹲山洞,在复杂的敌占区同国民党的搜捕军队巧妙地周旋,还要寻找食物充饥。

每天,她一睁眼就要想办法从乡亲们那弄来一些食物。如果运气不好,碰到敌人搜捕,她会先安置好战士,再避开敌人的搜捕小队,去采一些野果,挖一些野菜,先给伤病的战士吃,如果还有剩余,才会自己吃掉。慢慢地,本就瘦弱的程桂香越来越虚弱。她就这样强撑着身体,每天在惊险的周旋中照料伤员,直到三个月后,他们逐渐痊愈,出发去寻找大部队。

长时间的劳累和敌占区恶劣的环境最终击倒了这位年轻的红军护士。在完成任务后,她却染上了于当时而言致命的疾病——痢疾,终因医治无效病死在光宇山下的一个山洞里

（麻城长领岗镇幸福村陈家冲湾后山）。人们发现她时，她仍旧随身携带着一个急救包和几片纱布，在重病牺牲的最后一刻，仍然没有忘记自己的职责，也没有丢掉自己的"武器"。

每当人们再次掀开历史的帷幔，都会看到程桂香小战士背着医药箱灿烂的回眸，她在无情的战场上，以年轻的生命奉献着自己的力量。

鄂豫皖边特委会莲花背会议

◇ 讲述：姜伦山　汪世平
◇ 整理：汪绪红　秦祖学

亲历这段历史的村民在回忆时，大多已是耄耋之年，但他们仍能从埋在婆娑白发下早已混沌羼杂的记忆里翻拣出这段光影，依旧能清晰地回忆起，鄂豫皖边区特委会莲花背会议就是在一个骄阳匝地、万里无云的寻常夏日开始的。

1930年的大别山腹地——七里坪镇莲花背村，在一片苍翠的掩映下，透出别样的宁谧。村子依山势而建，零乱错落地立着几间破败的土坯房,其间夹杂着零星的低矮茅屋。六月酷暑,村头和塆子中间大树下的石块上,三三两两坐着纳凉的老人:男人大多光着膀子,一些年岁较大的奶奶手摇一把破旧的蒲扇坐在树底下乘凉。远处村外的田地里倒有些青壮农民正挥汗如雨忙着锄草。燥热沉闷的天气压得人喘不过气来,人们话也懒得说,狗也乖觉地趴在地上,伸长舌头,大口大口地吐着粗气,不再吵闹。头上长满火毒脓包的孩童们拿上麻秆,一头系上棕丝,眯着双眼站在树底下仰头去套捕树上的鸣蝉,不时乍起一阵欢呼,倒给沉寂的山村平添了几分生机。

六月下旬的一天,宁谧的莲花背村先后来了三队人马,原本安静的村子热闹了起来。

中午,村民见到远处有一队红军过来了。

红军并没有进村,只停留在村头一块开阔的空地上,就在那里驻扎。不多时,有三两个红军战士搭着伙,拿着刷子,提着石灰水,走到村子中最显眼的墙面前写着"打土豪、分田地"一类的标语。红军经常来往于各村,别的村也有这样的标语,这倒不稀奇。村里胆大的孩子你推我搡地挤作一团看热闹，却并不过于靠近。

下午，又来了一队人。

领头的是个身材不高还略显消瘦的年轻姑娘，村民们都认识这个领头人，她正是本村的熊德安，也是紫云区苏维埃政府主席。她后面跟着几位红军干部模样的人，一行人直奔塆子中间的学堂。熊德安一把推开房子的大门，一众人随她进入学堂，前后打量、勘察。熊德安介绍道："这里比较亮敞，只是有点凌乱，我随后叫几个人来帮忙打扫一下，二三十个人开会没问题。"其中一位身材高大的中年男子点点头，很满意的样子，说道："好吧！只是时间很紧，开会要讨论的事也很多。你和同志们吃点苦，时间抓紧点，我们今天晚上就要开会。"说完，众人鱼贯而出。

时间紧，任务重，熊德安马上带着同村的汪心通、汪心雨（当时任村苏维埃政府执委，1933年被敌人杀害于檀树岗细屋咀）、汪香洲（时任紫云区防务会经济股股长，1931年在河南新县因肃反扩大化被错杀）、汪友幼（亦名汪支坳，紫云区便衣队队员，1933年在麻城韩家老屋与敌人作战时牺牲）几人前往学堂打扫，布置会场。

原来，他们头儿大就接到通知，说在莲花背村有个重要的会议要开，组织上安排他们过来执行任务，到村子里找房子开会。因当时正好放假，学堂的房子空着，可以临时作为特委会会址。

几人清理完毕，又到左邻右舍家里东拼西凑地借来二十多张椅子、板凳和一张简陋的桌子，搬进学堂摆好，以备开会时用（因学堂的桌椅都是学生们自带的，放假时便将各自的桌椅带回家了）。安排妥当，熊德安叫住他们，严肃地嘱咐："这里要开的会议很重要，估计得一二十天，我们要遵守纪律，严守秘密，出去后谁也不准乱说。"她接着说道："我现在简单地安排一下会议期间的任务，因为我们都是本村人，对方圆几十里路以内的情况非常熟悉，除了通村的各个路口有人站岗把守，会议期间，为了防止敌人搞破坏，确保这次会议的安全和顺利召开，从现在开始，要充分利用我们自身优势到村子外围去明察暗访，一旦遇上陌生或可疑人员要弄清情况并迅速报告。"就这样，一个临时侦查保卫小组成立了。接领任务后，各人迅速分散至各自岗位，不分昼夜地执行任务。村里显示出与以往不同的紧张气氛，既有红军进出，本村的青年也异常活跃，一切看起来都显得格外不同。

乡亲们都依稀知道，本村这群活跃的后生似乎在跟着闹革命，黄安家家都有人闹革命。2月时，他们去七里坪赶集，听人说小北门已经被黄安县苏维埃政府命名为"光浩门"，就是为纪念黄麻起义领导者之一的吴光浩烈士。革命多么光荣！

当天下午五点左右，熊德安再次出现，还是带着一队人，约莫有二十之数。他们依次进入学堂，只留下一名年轻小伙子守在门口，他警惕地张望，不让人随便靠近。

红军和防务委员会在一天之中三次进出，终于引起了村民的特别关注。

细心的村民惊奇地发现开会的人群中竟有邻村的熟人，他们一边看一边掰着指头数起来，曹学楷、戴克敏、戴季英都在其中，他们可都是当地赫赫有名的革命人士！就连当时叱咤风云、令国民党反动派闻风丧胆的大英雄吴焕先也赫然在列。红军的这个会议一定不简单！

会议一开就是二十多天，莲花背村从未开过如此之久的会议。村民们由最早的惊异到后来的习以为常，但他们仍旧意识到这是一次十分重要且酝酿着重大事件的会议。

"小时听靠近学堂边的爷爷们讲，那边晚上的会开了很长时间，一直到第二天天明时分才有早起的人看见学堂里陆续有人向外走。虽然会议开了个通宵，但感觉他们个个依然精神抖擞，不觉疲倦。我家当时就住在学堂下，有时也会听见争吵声从屋里传来，好像是讨论分田给什么人，分什么田。"现已退休的汪平安老师听他爷爷讲了这些事。

"我们小时候就在开会的学堂前玩耍，有时也听到学堂里有争吵声传来，想必是开会时意见不一致发生了争论吧！""他们开会中途也会休息，也有人到我们家喝茶聊天，来的人都很和善，只听他们说'我们穷人要有好日子过，就要把地主的田地分给我们没田没地的穷人种'。"现年86岁高龄的姜伦山听他岳父这样讲的。

"小时候听我大伯说过，共产党那时在学堂开了好长时间的会，前后有二十多天。学堂是黑砖瓦房，有大门楼子。后来红军撤走了，国民党来了，他们疯狂地抓捕、杀害共产党员，汪心雨、熊德安他们先后被敌人捉去杀害了；学堂也因共产党曾经在那里开过一二十天的会被敌人一把火烧得只剩下残垣断壁。自此以后，那里便成了孩子们捉迷藏的地方。"

当时会议的内容老百姓当然无从知晓。后来，郑位三将军回到故乡时谈论起那次会议，记忆犹新，兴味十足。若干年后，根据他的复述，莲花背村的村民才知道，那一队神秘的红军干部在村里的二十余天里宵衣旰食、紧锣密鼓地筹划的是鄂豫皖革命根据地的重要决策。那是鄂豫皖边特委在莲花背村召开的一次会议，会议开了二十多天。那次会议也是所有特委会委员到得最齐的，会议主要讨论了以下几个议题：

1. 整顿和建立党的组织；
2. 领导边区军民巩固革命根据地，积极配合军事斗争；
3. 建立鄂豫皖边区统一的革命政权；
4. 深入开展土改运动，会上一致赞同中央的反富农路线，还通过了"地主不分田，富农少分田、分坏田"的决议；
5. 传达中央政治局决议《新的革命高潮在一省或数省首先胜利》。

将近一个世纪前，在一个幽静无风的夏季傍晚，鄂豫皖边区特委成员在大别山腹地的莲花背村集结。就在这名不见经传的小村里，就在村民沉沉的睡梦中，一群年轻的革命者在

党中央的领导下，结合本地实际探索，历经无数争论与争吵，最终坚持初心、担当使命，共同决定了鄂豫皖边区的未来，为鄂豫皖边区的下一步发展明确了目标和方向。只有他们自己知道，就在这次会后，边区土改运动蓬勃兴起，边区根据地得到进一步的巩固和发展；但他们不知道的是，正是为了保护革命成果，群众参加革命的情绪普遍高涨，更多年轻人踊跃报名参加红军，鄂豫皖边区的革命运动一度蓬勃发展，涌现出汪心通（因机智勇敢成为许继慎军长的警卫战士）等一批新的革命力量。

蝴蝶在大别山麓的小村庄扇动它的翅膀，再次卷起鄂豫皖根据地的革命热潮。星星之火，可以燎原。

附： 鄂豫皖边特委名单

特委书记：郭树申

委　　员：许继慎、曾大骏、姜镜堂、徐朋人、曹学楷、戴克敏、徐宝珊、王平章、何玉琳、钱文华、戴季伦、戴季英、吴焕先、詹才芳、郑位三、郑新民、雷绍全、王宏学、徐向前、王树声、李梯云、王秀松、周纯全、甘元景。

巾帼英雄张国英　她送丈夫当红军

◇ 讲述：汪绪红　汪绪全
◇ 整理：陈曦宁　秦祖学

　　秋天是收获的季节，也是秋播的季节。泛绿的山峦，依稀褪去了秀丽的衣衫，宛如一幅淡淡的水墨山水图；旧时的乡村，低矮的茅草房和破旧瓦屋相互挨着，它们组成的一个个村落散布在山水之间，略带寒意的山风和到处飘落的枯叶，使那时的山村显得有些肃杀。

　　1929年的冬季，大别山脚下的莲花背村一改往日的冷清，热闹起来了。"红军来了！红军来了！"在乡亲们的欢呼声中，红军队伍来到村里了。

红军队伍刚住下，就有战士写标语、与老乡亲切攀谈、帮老人挑水打扫卫生……他们的到来，使原本寂静的乡村一下子充满了生机。

村民汪世明家这几天也洋溢着喜庆的气氛，低矮的瓦屋门两边贴上了红对联，原来是汪世明娶新媳妇了。汪世明身材粗壮，皮肤黝黑；新娘张国英（原名张桂英）温顺俊俏，衣着整洁朴素。新婚当夜，乡亲陆续离去后，新娘轻轻关上房门，坐在床沿上注视着新郎说："这几天你也听到了、看到了吧，红军在招兵。"

新郎默不作声，点了点头。

"我们都是穷苦的农民，受尽地主劣绅的欺压和剥削。红军是共产党领导的，是为我们谋幸福的。要想过上好日子就要当红军。"张国英接着说。

汪世明沉思了一会儿，说："你莫不是要我现在就去当红军？"

张国英点了点头。

汪世明接着说:"你才嫁过来,我去当红军你怎么办?"

新娘说:"你放心吧!家里有我呢。穷苦人家,什么苦吃不了!什么累受不了呢!不打倒恶霸地主,我们哪有好日子过呢?"

张国英轻轻叹了口气,接着说:"等明天晚上有乡亲来玩时我问一下,看他们有谁愿意参加红军的,后天我就送你和他们一起去参加红军!"

听了新娘毫不拖泥带水的话语,汪世明此时不禁有些发愣,心想:我想当红军还怕你不答应,觉得才结婚就丢下你,心里觉得对不住你,没想到你这么明事理!

第二天晚上,一群小伙子吃过了晚饭就来闹洞房,十来个人挤在狭小的房子里。新娘依例给每人倒上一杯热茶,说道:"你们都听说红军在檀树岗招兵的事了吧?我知道红军是我们自己的队伍,是为老百姓打天下的。我们都是穷人,家里没有几块像样的土地,祖祖辈辈靠租地主的田地,跟地主打长工过日子,受尽了他们的剥削和压迫。今天红军来了,是要打土豪、分田地给穷苦人了。"她顿了顿接着说,"可是分了地主家的土地他们心甘情愿吗?所以我们要参加红军,打倒他们。只有彻底打倒他们,才能过上好日子。"

听了新娘的话,大伙不觉暗自吃惊:汪世明娶的媳妇咋晓得这么多道理?简直比我们男人知道得都多!其实这些小伙子中也有几个想当红军的,只是还没有下定决心。这时有人笑着说道:"才结婚几天,你男人去当红军你舍得啊?你要舍得他去,我们也去。"

"一言为定!我明天就送世明去参加红军。"新娘斩钉截铁地说。

"我回去告诉爹娘,明天去当红军!""当红军打土豪、分田地!""我也要去!"……大家七嘴八舌,群情激奋。

第二天清早,也就是张国英嫁过来的第三天,她和汪世明早早起床,洗漱完毕,她特地给丈夫汪世明做了两道菜,然后侍奉公婆吃过早饭。

饭后,张国英和汪世明双双跪在二老面前,张国英说:

"爹！娘！今天我要送世明和乡亲们一块去当红军了，以后家里的事就由我帮忙照顾了。"

看着跪在地上的两个孩子，父亲赶紧拉起他们，不免哽咽地说道："去吧，我们不会拦着你们的，只是以后苦了桂英了。"

跪过父母，张国英和汪世明来到房间，只见她从箱子里拿出一双千层底布鞋，郑重地递给汪世明，深情地注视着他说："这双鞋是我亲手纳的，带在路上穿吧，看见这双鞋就像看到了我。"

拜别二老,张国英便和汪世明一起来到村头。那边已经有几个同伴在等着他们了。看见张国英也来了,有人不免感叹地说道:"结婚三天就送自己丈夫当红军,真是难为她了。"张国英冲大伙儿笑了笑:"我们走吧!"

大伙儿一同来到檀树岗街上,来到红军招募处排队等候。不远处,只见几名红军向登记处这边走来,见到来人,负责登记的红军站了起来,向其中一位面庞消瘦的中年男子敬了个军礼,然后才继续工作。见到他们敬礼的动作,张国英心想,这位瘦高个子一定是位首长了。

这时,那位红军领导也注意到了有一位女同志在排队等候,他径直来到张国英身边,亲切地问:"你也是来参加红军?"

"报告首长,我是来送丈夫当红军的。"张国英边说边回头看了看站在身后的丈夫。

"看样子,你们结婚没多久吧?"那位红军领导和蔼可亲地问道。

"结婚才三天,她叫张桂英,今天才出房门的。"同伴中有人应声。

张国英腼腆地点了点头,说:"请一定收下他们。"

"你们为什么要参加红军队伍呢?"听到她才结婚三天就来送夫参军,那位红军首长略带诧异地问道。

"因为红军是我们穷苦百姓自己的队伍,是为我们老百姓谋幸福的。"张国英自豪地说。

"说得好,说得好,我代表红军感谢你送夫参军。"他拍了拍汪世明的肩膀说,"小伙子不错!欢迎大家加入红军队伍!"他边说边向参加红军的乡亲挥了挥手。

"我……我想请首长帮我改个名字。"带着期望的神情,张国英说。

听到张国英的请求,首长立马来了兴趣:"你这名字很好嘛!"

"丈夫参加红军后我也要革命,现在的名字太俗气,请首长一定要帮我改改。"张国英望着那位红军首长恳切地说道。

听了张国英的话，首长略加思索地说："那就叫张国英吧！送夫参军，国之英豪，当之无愧哟！"

"谢谢首长！谢谢首长！"听到首长给自己改的名字，张国英高兴地说道。

见到红军首长称赞张国英，又帮她改名字，同伴们不觉鼓掌叫好，而那些同来参加红军的人也对张国英结婚三天就送夫参军的事称赞不已。

报名登记参军的手续很快就完成了，张国英送夫参加红军的故事在当地迅速传扬开来，而红军首长（后来才知道那是大名鼎鼎的徐向前副师长）给她改名字的故事在当地也一度传为佳话。

张国英送郎当红军的故事迅速传遍黄安县，各红军招募处挂起了"世人要学张国英，她送丈夫当红军"的大横幅。后来有歌谣流传：

早起开柴门，红日往上升。

今日送郎当红军，小妹我喜在心。

我郎志气强，血气正方刚。

参加红军真健壮,实是好儿郎。

结婚有几春,你我爱情深。

虽说我是女子们,革命认得清。

我郎投红军,人物要认清。

日常工作要加紧,勇敢杀敌人。

作战上火线,特别要勇敢。

向着敌人瞄准干,切莫心胆寒。

打倒反动派,我们掌政权。

革命成功来见面,夫妻再团圆!

在张国英事迹的影响下,各地青年纷纷加入红军,涌现了妻送夫、娘送儿、兄弟父子齐参军的动人场面:革命大妈兰桂珍把丈夫、儿子和四个兄弟都送去当红军,程训宣的三个哥哥和一个弟弟也都当了红军……

汪世明后来编入红四军独立团,在随后的革命生涯中,他随部队转战南北,立下了不朽的战功,1934年在长征中不幸牺牲。

张国英送走丈夫后，也参加了革命。1930年春，经人介绍加入了中国共产党，从事妇女工作。1932年9月，在执行任务途中，她被反动民团抓获。敌人对她严刑拷打，妄图从她口中逼问出地下党的情况，但她宁死不屈，后在七里坪方家院子里被敌人残忍杀害。

张国英虽然出身贫寒，但思想富足，即使身处险境，也始终保持着革命者的崇高气节。我们党之所以历经百年而风华正茂，饱经磨难而生生不息，就是因为有千千万万这样的共产党人和人民群众前赴后继，为了党的伟大事业甘愿牺牲自己的一切。我们学习这段历史，就是要从革命先烈的行为中汲取丰富营养，发扬革命奋斗精神，知责于心，担责于身，履责于行，在强国建设、民族复兴的新征程上披荆斩棘，勇往直前。

一双布鞋缴获敌人一把盒子枪

◇ 讲述：耿祖恩
◇ 整理：秦海民　秦　翔

冯光全烈士，观音阁村耿家大屋人，1909年出生，1930年参加革命，在红一军当通信员，同年加入中国共产党，因其头脑灵活，作战勇敢，后加入红四军，1932年任红四军特务营营长，1937年在七里坪雾仙山与敌人作战时牺牲。

1927年大革命失败后，国民党反动派在全国范围内残酷镇压革命运动，大肆屠杀共产党员。观音阁村因参加革命的人员较多，曾经这里的革命活动如火如荼，所以当地的党组织也受到了反动派的严重破坏。新婚不久的冯光全受本村革命党人耿协成等人革命行为的影响，同时带着对国民党反动派的无比憎恨，暗下决心，加入了共产党领导的革命队伍。

冯光全心里明白，搞革命仅凭勇气和决心可不行，手里得有真家伙——枪。可是到哪里去弄枪呢？当时观音阁村三层塆的后山上有座碉楼，里面驻扎着十几个民团武装人员，冯光全首先便想着从这些民团人员手里抢夺枪支。经过多天观察，他发现这些民团人员外出总是结伴而行，多则七八个人，少则四五个人，始终没有机会下手。再则这些民团武装人员都是国民党从本地抽壮丁抓来的人员，彼此都是熟人，互相认识，弄不好暴露了身份，反倒会招来杀身之祸。冯光全思虑再三只得暂且作罢，另寻机会。

功夫不负有心人，机会终于来了。到了1930年的初春季节，为了彻底捣毁观音阁村一带的革命组织，国民党的一位连长带领一队官兵来到耿家大屋，部队驻扎在耿家大屋的祖屋里。看见这位军官腰间挂着的一把盒子枪，冯光全按捺不住内心的激动，心里一直盘算着怎样才能将这把枪搞到手。因冯光全家的房子离祖屋较近，这也为他暗中观察敌人的活动情况提供了方便。

耿家大屋门前的大塘上方有一个简陋的厕所（现已改为砖混结构的厕所了），冯光全发现，敌连长每天深夜都要上厕所，且总是一人进出。冯光全走出祖屋，凭着微弱的灯光看到那把盒子枪就挂在敌连长的腰间。因耿家大屋在当时是一个只有十几户的小村庄，且村里大多是些老实巴交的农民，敌连长料想也没有人敢对他怎样，所以没怎么防备。观察了几天后，冯光全决定在夜晚趁敌连长上厕所时动手。

在一个月黑风高的夜晚，冯光全拉着年内刚结婚的妻子的手说："我今晚要外出了，恐怕今后很难回家了。明天若有人问起我来，你就说我下武汉帮人做小生意去了，问起别的事来，就说'我一个妇道人家，刚嫁过来，不清楚情况'。千万不要说我是今晚走的，不然会招来杀身之祸。如果我出事死了，你就找个人家改嫁，好好过日子吧。"

妻子是隔壁杨李家村的姑娘，人也聪明贤惠，听了冯光全的话，对他要做的事还是知道一点儿的，虽万分不舍、眼含泪水，却并未阻止他的离去。

告别了新婚妻子，冯光全趁着夜色悄悄摸到通往厕所的半道上埋伏起来，静等敌连长路过，好趁黑下手。约莫到了夜半时分，敌连长果然一个人来了，哼着小调朝厕所方向走来。当他刚刚走过冯光全的藏身处时，冯光全猛然从黑暗中蹿出，冲到敌连长身后，手里拿着一只妻子做的千层底布鞋抵在敌连长腰间，轻喝一句："不许动，老子一枪打死你。"敌连长被突然的变故吓得不知所措。惊慌之际，冯光全顺手抽出敌连长腰间那把盒子枪，反手一巴掌将敌连长推到路边的坎下，便沿对面山坡上的小路朝二屋方向的山上跑了。敌连长惊魂

不定地从坎下爬起,气急败坏地跑到祖屋喊士兵起来追赶捉拿。可黑灯瞎火,地形不熟,又不知对方情况,如何追赶?只是朝冯光全跑的大致方向开了几枪了事,冯光全却早已不知跑到哪里去了。

第二天一早,丢了枪的敌连长倒也没有为难村子里的百姓,带着他的士兵垂头丧气地撤回城里去了。冯光全抢到敌人的一把盒子枪后便连夜赶到紫云一带,找到在那里活动的红一军,加入了红军队伍,成为一名红军战士。从那以后,他用一双布鞋缴获敌人一把盒子枪的传奇故事便在当地广为流传。

地下共产党员耿协成烈士的传奇故事

◇ 讲述：耿祖恩
◇ 整理：王亚鹏　秦海民

耿协成，观音阁村大屋人，1909年出生，1927年参加革命，同年参加农民自卫军任队长，次年在杨山潘家河以炸油条为掩护从事地下工作，1929年被敌人发现，杀害于黄安县城。

1927年，耿协成带领农民自卫队参加了吴焕先领导的黄麻起义部队。在战斗中，他作战勇敢，不怕牺牲，深受吴焕先的称赞和表扬。1928年，因革命工作的需要，耿协成的工作转入地下。他先后以说门书和炸油条为掩护，从事地下工作。他走村串户，深入敌后收集情报，为活跃在光山、紫云一带的红军部队提供了许多有价值的线索，受到了上级党组织的充分肯定。

走村串户说门书是过去江湖艺人谋生的一种方式。村民大多朴实善良，当艺人敲着渔鼓或打着鼓边说边唱地走到老百姓家门口时，主人们就会用升子（一种木制的容器，一升子米约两斤）盛上半升大米施舍给艺人。当然，按规矩是不能倒干净的，末了升子底部须留一点儿大米带回去，寓意有吃有剩，还有下次。耿协成当时常常以敲渔鼓、说门书这种方式游走于大街小巷或山野乡村，进行联络或收集情报，一次次地遭遇险情，又一次次地凭借他的机智勇敢化险为夷。

因为赤卫队和防务会的活动给敌人造成了极大的损失，在当地百姓中影响极大。国民党反动派为了扑灭当地的革命火种，大肆搜捕、屠杀共产党员、革命战士及他们的亲属。七里、紫云等地区笼罩在白色恐怖当中，耿协成及地下党组织的活动变得更加艰难和危险。

有一次，他想利用傍晚作掩护赶回杨山驻地，当走到一个叫彭家洼的塆子,在通往杨山的路口时,却发现有敌人设卡口守护,对过往行人盘查甚严,凡是有嫌疑的,一概抓起来。要是在白天行人较多时耿协成也许能蒙混过关,可是傍晚行人稀少,想过关卡难度极大。耿协成不慌不忙地转入塆子里敲起渔鼓、说起门书来。一个敌军官听见有人说门书,冲手下人喊道:"把那个说书的叫过来说两段给老子听听。"耿协成正思考如何安全地通过关卡,看见有士兵叫他去给长官说书,心想正好借此机会靠近敌人,然后见机行事。他边唱边向敌军官所在的屋子走去。只见那军官模样的人正一个人坐在桌子边,将一只脚搁在椅子上,一手夹菜,一手拿着酒杯,看都没正眼看耿协成,说道:"过来唱两段给老子听听,唱得我高兴了倒两杯酒给你喝。"耿协成装作十分害怕的样子忙点头答应,敲起渔鼓说唱起来。听到尽兴处,只见那敌军官闭着双眼边听边用手敲打着桌面,摇头晃脑地跟着哼起来。耿协成见状,迅速从怀里掏出一把盒子枪,抵在敌人背后,那军官被突如其来的变故惊掉了下巴,一时间兴趣全无,结结巴巴地说:"你想干什么?不要乱来。"耿协成轻喝道:"老子不干什么,只是要你陪我到你们卡口去一趟,让我过去就行,只要过了关口,我保证不会伤害你,如果你敢使诈,我就和你同归于尽。"敌军官忙点头应允"要得要得"。说完,耿协成将说书的行头往肩上一背,一手拿着枪抵在敌人腰间,向卡口走去,一面吩咐道:"叫你的士兵撤了岗,让我过去,我就放了你。"只见敌军官走到哨卡前冲着士兵喊道:"你们都回去吃晚饭,他妈的少喝点酒,老子替你们站会岗。"那些士兵见长官叫他们下岗吃饭,一个个喜出望外,一溜烟儿跑了。待士兵全走开,耿协成拿枪指着敌军官说:"到那蹲下,用手抱着头,背对着我,不许看,否则我一枪崩了你。"敌军官只得照他说的去做,心想:只要能保命,管他那么多。耿协成一边用枪指着他,一边往后退,直到转过了一道弯便沿着小路飞奔而去。

过了好一阵子,敌军官见没什么动静才站起身来,耿协成早已没了踪影。毕竟放跑了"共党分子",他也不敢声张,只能装作没事一般回去喊士兵守关卡,自己则一头钻进屋子里生闷气去了。因为他清楚,如果让上头知道了这件事,他会受到军法处置的,所以他只有独自吃个哑巴亏了事。

自那次惊险过后,耿协成感到再不能用说门书的方式作掩护从事地下工作了,他便利用自己会炸油条的特长在杨山潘家河租了间屋子,以炸油条为掩护继续搞地下工作。

1929年的一天,耿协成正在整理油条担子准备游乡,突然一个人向他的铺子走来,买了几根油条,顺便东拉西扯地聊了几句便走了。不承想是特务盯上了耿协成。耿协成见事情可疑,便放下担子准备撤离。不料敌人早有准备,在周边埋伏的特务一拥而上,耿协成不幸被捕。

敌人将耿协成带到镇上，对他严刑拷打，上夹棍、坐老虎凳、钉竹签，各种酷刑用尽，妄图从他口中问出当地地下党的情况，可他宁死不屈。敌人见从他口里问不出什么情况来，便决定杀害耿协成。为了防止有人劫刑场营救他，敌人在镇上张贴告示，声称将于某年某月某日在七里坪镇北门处决"共匪"耿协成，暗地里却将他押解到黄安县城秘密杀害。

吴焕先领导的红军队伍听到敌人要杀害耿协成的消息后，决定在行刑的当日带部队营救耿协成，等到告示公布行刑那天准备营救时，才发现中了敌人的圈套，耿协成在头一天已经被敌人杀害了。

夹墙救治红军

◇ 讲述：耿兴高
◇ 整理：秦海民　秦心怡

到了冬季，农村人基本没什么农活可干了。农民大多利用农闲季节上山打柴，一是预备平时做饭用，二来用作过冬时的取暖来源。

1931年冬天的某个下午，大屋村民耿显祖照例扛着冲担（挑柴用的工具，一根经过木工加工过的木头，两头用尖尖的铁器包裹，便于刺进柴捆子里，类似于扁担的功用），手提砍刀,沿着蜿蜒曲折的小路向大屋岭后山攀爬而去。大屋岭山高林密,是大屋村民砍柴常去的柴山。好不容易上得山来,耿显祖撂下冲担,拿起砍刀便直奔一块长满茂密杂树的林地而去。当耿显祖挥起砍刀正准备砍向一棵小树时,突然看见一个人躺在树丛中,只见那人蜷缩着身躯,用微弱的声音说:"老乡别怕,我是红军,我受了伤。"听说是红军,耿显祖一颗悬着的心才放了下来。因为观音阁村先后参加革命的有几十个人,大屋就有6位村民加入了红军队伍,他们在七里、紫云、新县等地活动十分频繁。当地老百姓都知道红军是一支为穷苦人打天下的队伍,打心底里就拥护红军,支持红军。耿显祖警惕地看了看四周,见没有其他人在附近,便轻声问起那位红军的情况。原来这位红军是在参加七里坪周家墩的一次战斗中受了伤、掉了队的,因担心被反动民团发现才专挑山高林密的地方走,伤势较重且几天没吃什么东西,几乎昏倒,只因耿显祖砍柴动静较大才惊醒了他。这位红军算是有救了。红军知道上山砍柴的人都是穷苦百姓,一定不是坏人,才放心地告诉了他自己的红军身份,请求耿显祖帮他一把。耿显祖迟疑了一会儿,最后答应了他的请求,告诉他躺着不要动,并砍下一些树枝将那位红军遮掩住,说:"等到天黑时我再来背你下山吧。"

因共产党的组织在当地十分活跃,且观音阁村参加革命队伍的人有五十多人,所以国民党反动派将当地的地下党和亲近革命的百姓视为眼中钉、肉中刺,欲除之而后快,大肆搜捕屠杀共产党员及其家属,对所谓的"亲共""通共"分子格杀勿论,救助红军伤员一旦被发现是要杀头的。耿显祖是一个胆大心细的人,平时受本塆同龄的几位革命党人的影响就倾向革命,若非家里老父老母需要人照料,他早就加入了红军队伍。隐藏好受伤的红军,他若无其事地砍了担柴火挑下山,回家去了。

晚饭过后,天已大黑。耿显祖轻轻推开大门走了出来,他先是装作小便的样子借势向四周打量了好一阵子,见没什么异常情况后便折返到门口,套上大门,也不敢点火把照明,便摸着黑朝山上赶去。耿显祖自幼就在山上砍柴火,对山上的路径、地形非常熟悉。当耿显祖摸索着找到红军伤员的藏身处时却不见了红军的身影,他的心里"咯噔"一下,生怕出现什么变故。耿显祖静静地蹲在地上,借着微弱的星光打量着四周,仔细聆听着周围的声响,除了偶尔的北风刮动草木发出的声响,倒也没有其他响动。大约一刻钟时间,当耿显祖认定山上没什么危险时才轻声向四周喊道:"喂!我是白天上山砍柴的人,现在背你下山,你躲在哪儿?"过了一阵子,才听见有人轻声应道:"我在这儿。"原来那位红军十分警惕,自耿显祖下山后,他便向路上爬去,藏身在一片荆棘丛中。听到耿显祖的呼叫声,当他确认没有危险后才敢应声。

循着红军伤员的声音,在微弱的星光下,耿显祖找到了他的藏身处。这是一片很大的荆棘林,杂棘丛生,耿显祖的脸上、手上到处被刺扎伤。忍着刺扎的疼痛,他好不容易将那位红军伤员从荆棘中拽了出来。冬天的寒冷和饥饿让那位受伤

的红军一点儿力气也没有,耿显祖艰难地背起红军战士顺着原路走下山去。

来到屋后,停下脚步,耿显祖静静打量塆子四周。约莫过了片刻,见塆子没什么动静便背着那位红军战士悄悄回到了家里,并将大门拴好。吃晚饭时耿显祖曾向父母说过要救助红军伤员一事,因此父母并没感到惊讶。

耿显祖的后屋有道夹墙,专为防止土匪所建。农村房大多用土坯砌成,只见他轻轻拆开土坯块,留下仅供一人能够钻进去的门洞,费了九牛二虎之力才将红军伤员拽进夹墙里。夹墙里面的地上铺满稻草,人躺在稻草上也还舒适暖和。他安顿好红军战士后便钻出夹墙,用土坯将门洞补好,外面看起来也没什么痕迹,只是在下面一个不起眼的角落里留下一块活动的土坯,方便送饭送水。

受伤需要创伤药来治愈,耿显祖身上多处被刺扎伤流了血,上街抓药也不会引人生疑,况且农村人上山打柴受了伤也很常见。于是他买了创伤药给红军伤员敷上。就这样,红军伤员在耿显祖的悉心照料下慢慢痊愈了。身体恢复健康后,那位红军战士便要去寻找队伍,耿显祖送了红军战士一套破旧的衣服，在一个月黑风高的夜晚将他送出了村子，并告诉他在紫云一带有红军活动，还将紫云所在的方位指给了那位红军战士。

在收留红军伤员的这个月里，国民党民团也到村子里来转悠过几次，因耿显祖收留红军的消息并没有让外人知道，他家里又砌有夹墙，所以没什么危险的事发生。

半年后，红军队伍来到村里，那位红军战士刚好也在这支队伍里，他竟然是一名红军干部。他到大屋寻找当时救助他的百姓，因他从来到耿显祖家到离开时都是在晚上，所以并不清楚自己在哪一家住过，而耿显祖又怕救助红军伤员的事被别人知晓而惹出祸事，所以不敢相认。因时间不容那位红军慢慢寻找，最后他只得带着遗憾离开了。

秦敬义铁血锄奸

◇ 张建波

秦敬义,1912年出生于观音阁村秦家畈,弟兄五人,他排行老三。尽管他家里比较穷,父亲秦昌志还是把他们送到学堂读了几天书,他较早地接受了革命思想,17岁就参加了红军赤卫队。

秦敬义身材魁梧,头脑灵活,作战勇敢,不久就被任命为赤卫队队长。1930年秋,秦敬义加入了中国共产党,历任排长、连长、营长。在他的影响和带动下,他弟弟秦敬志也参加了红军。

因为党和红军的影响力日益扩大，七里坪地区掀起了踊跃参加红军的热潮。这引起了敌人极大的恐慌。国民党反动派一面派重兵围剿，一面对共产党人和红军家属进行残酷迫害。秦敬义成为国民党"黑名单"上的人，敌人拿他没办法，便将他的父亲秦昌志押到方家垮关起来，用尽各种酷刑。后来家里四处托人才将遍体鳞伤的秦昌志保了出来，父亲被抬回家的当天就因伤势过重而去世。父亲惨死，秦敬义将悲愤化作对敌人的无比仇恨，在战场更加奋勇杀敌。

当时，白色恐怖下的七里坪，到处是反动派的密探，共产党人随时都有生命危险，必须时刻保持高度警惕。秦敬义和其他几名队员只能白天钻山沟，晚上回村里活动。有时敌人搜捕很严，他们往往一整天饿着肚子，很多时候靠野菜、野果子充饥。

一天夜里，秦敬义和几名队员下山，来到一户人家里找点吃的。见到山上有人下来，该村民非常热情地招待了他们，他吩咐老婆煮了一锅米饭。紧接着，他对秦敬义说："你们等下，我去山上打几只兔子或者斑鸠，搞点野味回来。"说完便扛着一把土铳走了。那人走后，秦敬义越想越不对劲，怎么这么热情？黑灯瞎火的，打什么斑鸠？肯定有问题。他们顾不上吃饭，就向那家人要了个布袋，盛了还没有煮熟的米饭，带着几名队员夺门而出。刚离开他家不久，就远远看见十几个人打着火把直奔刚才那户人家而去，原来那个村民是保安团的。秦敬义他们惊出一身冷汗，幸亏跑得快，不然就脱不了身了。

为了弄清事情的真相，秦敬义趁一个漆黑的夜晚，再次摸进了那户人家，原来这户人家是本村地主秦老六的佃户。这些佃户受秦老六胁迫，强令他们为反动派提供情报。这些佃户为了养家糊口没有办法，只好向民团提供一些情报，否则就要遭殃。村民纷纷反映，秦老六和附近几个村的地主互相勾结，串通国民党，向他们提供情报，残酷迫害革命群众和革命家属。秦老六过去欺压穷人，对穷人尖酸刻薄，自农会成立后，他表面上对穷人很友善，暗地里到处刺探地下党的消息，偷偷地向国民党告密。

听到这里，秦敬义决定铲除秦老六这个祸害。为了不错杀无辜，经过调查，秦敬义坐实了秦老六和附近村的3名地主多次向民团告密的证据，许多革命志士及其家属是因他们告密而被国民党杀害的。秦老六伪装和隐藏得很深,一直未引起共产党人的警觉。

经请示党组织以后,秦敬义和另外4名队员组成锄奸小队。一天晚上,秦敬义带领队员来到秦老六屋前,仔细侦察后发现院内还有两个护院肩挎长枪在巡逻。秦敬义首先安排两名队员埋伏在后门,防止秦老六逃跑,另外两名队员隐蔽在大门两侧,他则大步上前叩响大门。经过一番智斗周旋,护院见他一个人便放下了警惕将门打开,秦敬义和两名队员趁其不备,迅速冲了上去,夺了护院的长枪,并大吼一声:"不许动!我是秦敬义!""我们是来抓恶霸地主秦老六的,他残害革命群众和革命家属,欺压穷人百姓,无恶不作!"一听到是秦敬义,两个护院顿时吓破了胆,跪在地上求饶。秦敬义将其控制后,得知秦老六睡在东厢房,便快步带领队员破门而入,从床上一把揪起秦老六,押到村西头,将其处决。秦敬义他们趁着黑夜,将附近村的3名恶霸地主也逐一铲除。从此,周边的其他地主都老实了,再也不敢给反动民团提供情报了。秦敬义除掉欺压百姓的恶霸地主,真是大快人心。故事在群众中越传越神奇,秦敬义成了百姓心中的大英雄。

1932年10月，秦敬义跟随红四方面军战略转移，离开了鄂豫皖苏区。

1949年后，同村的秦光远将军回乡探亲，秦敬义的大哥找他打听秦敬义的下落。将军回忆说当年他进延安抗大学习时，刚好碰见秦敬义也在那学习，那时秦敬义已经是一名营长了，听说后来被派往山西抗日前线，此后就再没有他的消息。再后来，家里多方打听才知道秦敬义已在抗日前线为国捐躯，血洒疆场。

"青山处处埋忠骨，何须马革裹尸还。"革命战争年代，黄安人民胸怀家国情，不惜抛头颅，甘愿洒热血，一心跟党走，不达目的不罢休。28年红旗不倒，14万英雄儿女为革命献出宝贵生命，谱写了一部部传奇，成为一座座丰碑。心中有信仰，脚下有力量。重温秦敬义烈士的故事，激励我们传承红色基因，赓续红色血脉，在共产党人的精神谱系中找到奋进的力量，以无私赴使命，以热血写担当，循着革命者的足迹继续前进，始终经得起风霜砥砺，经得住诱惑考验，走好、走稳新时代长征路！

红小鬼勇参军

◇ 讲述：秦遵志
◇ 整理：秦海民　吴　波

秦敬志烈士，秦家畈人，1916年出生，与秦敬义烈士是亲兄弟，排行老五。

秦敬志14岁那年，其三哥秦敬义所在的红军队伍来到观音阁村秦家畈驻扎了几天。纪律严明的红军队伍，身着灰色军装，头顶八角帽，看上去格外英武迷人；帽徽上的五角星和衣领上的领徽在阳光照耀下熠熠生辉，打着绑腿的战士走起路来，个个精神抖擞。秦敬志感觉十分新奇，特别是看到号兵腰上挂着的军号，他无比羡慕。每当听到激情嘹亮的号角声，他的心情瞬间就激动起来，仿佛是自己吹着军号，正指挥着千军万马杀敌人。在队伍驻扎期间，他经常往红军队伍里钻，缠着号兵，抚摸着军号，一副爱不释手的样子。号兵一见到他就喜欢逗他："要不你也参加红军吧，我教你吹军号。"本来是一句玩笑话，秦敬志却当了真。他先是找哥哥秦敬义，要他带自己参军。哥哥说："你年纪太小，过几年再说吧。"见哥哥不答应，他跑去找到一位红军连长，连长拍着他的头哈哈大笑："哟！还想当红军战士呀，你还没枪高呢！等你长高了身子再来。"秦敬志嘟着嘴："我就当号兵吹军号，又不要那么高！"连长摇了摇头说："你年纪太小了，我们不能招你的。"

见软磨硬泡不行，秦敬志眼珠一转，心里寻思：你们不要我，我就偷偷地跟着你们。打定主意后，他天天盯着红军的动向，生怕哪天红军队伍开拔了自己不知道，甚至到了晚上他也跟红军战士一起挤着睡觉。战士们见秦敬志这个小孩机灵可爱，也都喜欢他，所以也不反对他和战士们挤在一块，哪能想到他的小心思。

一天深夜，部队要开拔了，为了不惊动百姓，战士们悄无声息做着出发的准备。看到战士们整装待发，秦敬志假装睡着了，可那双耳朵却专心致志地听着战士们的声响，生怕红军队伍走了自己不知道。一名战士背上背包朝着秦敬志笑了笑，便转身出了门，跟随部队出发了。秦敬志悄悄起身，偷偷地跟在队伍后面。一名战士突然发现他跟在队伍后面，立马报告了红军连长，可这时部队已然行走了一段路程。连长顿下脚步要秦敬志立马回家，可他死活都不肯回去。他哥哥秦敬义知道后也很无奈，只好找到领导说："带上他吧，看来我家这个老五是铁了心想当红军了，你看他跟着部队这么远都没掉队，身体也很壮。"山里孩子从小便随着大人上山放牛砍柴、下地干活，练就了强健的体魄，走这么点路又算得了什么？部队领导见状，无奈地点了点头，说道："好吧，我们收下你这个小红军了，听说你喜欢军号，你就跟着号兵吧，让他们教你吹军号。"

就这样，秦敬志加入了红军队伍，成了一名后备小号兵。参加红军后，在随部队转战南北的日子里，他机智勇敢，从不叫苦,特别是部队休整的时候,只要有空他就缠着号兵学吹军号,部队指战员都喜欢他,亲切地称他"红小鬼"。在后来的一次战斗中,一名号兵不幸牺牲,当领导将那只带有烈士鲜血的军号交给秦敬志时,郑重地说:"今天把军号交给你了,军号就是你的武器,你要保护好它。"他激动地用双手接过军号,小心翼翼地将它挂在腰间。他向领导敬了个军礼说:"请首长放心,人在军号在,我一定会当好号兵,用生命保护好军号。"说完转身加入了队伍,从此成为一名真正的号兵了。

自从接过军号,秦敬志便把军号当成了自己的第二生命。他总是把军号擦得干干净净的,碰都不让别人碰一下,生怕别人弄坏了军号,甚至晚上睡觉也要把军号抱在怀里睡。在那段艰苦的岁月里,面对凶残的敌人,他从不畏惧,一次又一次地冒着枪林弹雨,用那激荡人心的号角声鼓舞着红军战士向敌人发起一次又一次的冲锋,取得一场又一场的胜利。

斗争是残酷的。面对国民党反动派的围追堵截,时常有英勇的红军战士在战斗中牺牲。然而,我们英勇的小号手秦敬志从不退缩。1933年,在四川一次对敌的战斗中,当他每次吹响冲锋号时,不幸被敌人的子弹击中头部倒地。直到牺牲，他那双与年龄不相符的粗糙小手仍紧紧地握着军号。战士们含着泪掰开他的手指，拿下那只沾满鲜血的军号。那年他才17岁。

汪烈山：捐躯赴国难　视死忽如归

◇ 讲述：汪绪明　汪爱清　汪明和　汪海霞
◇ 整理：汪东应　汪绪红

汪烈山（1904—1933），乳名福全，黄安县（今红安县）七里坪镇莲花背村汪刘家洼人。佃农出身的他自幼饱尝人间疾苦，目睹了地主劣绅鱼肉乡邻的恶行。这造就了他刚毅、疾恶如仇的个性，也在他心里坚定了推翻旧社会、彻底改变这不公平社会的决心。

1925年，黄安县中共特别支部成立。檀树岗熊家咀村程昭续加入中国共产党后，发展汪烈山、汪烈富、汪宗福等人为中国共产党党员。汪烈山入党后，先后发展了二三十人加入党组织，为鄂豫边地区革命的迅速发展作出了贡献。1927年，他参加了熊家咀"九月暴动"和著名的黄麻起义。

汪烈山参加了鄂豫皖苏区四次反"围剿"作战，川陕边革命根据地反"三路围攻"战役、营渠战役、宣达战役、反"六路围攻"等战斗。在历次的战斗中，汪烈山总是亲临前线指挥，给敌人以沉重打击。然而，他在达县的一次反击战中不幸中弹牺牲。他短暂而光辉的生命被永远定格在29岁。

徐向前在《历史的回顾》一书中，深情回顾道："我八十八师师长汪烈山，不幸牺牲。他是黄安人，任过排、连、营长，少共国际团团长，是个很能打的干部。八十八师能攻善守，作战勇猛顽强，屡建战功，是同他的指挥分不开的。"

斯人已去，英名长存。虽然烈士牺牲已过半个世纪，但他当年的感人事迹犹历历在目，广为流传。

"神手福全"美名扬

1928年冬,防务会的会议室墙正中所挂的简明地图上画着一个显眼的白圈,白圈所指的是七里坪观音阁村和石河村交界处山顶上的碉楼,那里驻扎着十几个保安队员,队长是一个祸害百姓、鱼肉乡邻的地痞。拔除碉楼正是防务会此次讨论的任务。

在大山中长大,并未受过正规军事训练的汪烈山带领二十多名防务会的队员,就着清晨薄雾朝山顶上的碉楼悄悄摸了过去。离碉楼五十米开外时,队员们便停止行动,埋伏下来。汪烈山从腰间解下一个布袋子,从袋中掏出一个自制手雷,他点燃手雷上的引线猛地向对面的碉楼抛掷,嗞嗞作响的手雷冒着火星,在空中划出一道弧线,不偏不倚地穿过碉楼的一个瞭望孔飞了进去——一声巨响,碉楼从里面炸开。队员们一拥而上,撞开大门,冲进碉楼,一口气活捉保安队十几个人。为首的当即被压制住,其余的保安队员也是农民,大多是被国民党强行抓过来的,也没人愿意替反动政府卖命。汪烈山勇武果决,也讲究革命工作方法,将他们教育一番,愿意跟着红军的跟随红军，不愿意的遣散回家。

这不是汪烈山第一次在防务会工作中一马当先、出色地完成任务了。他身材粗壮高大，孔武有力，比同龄人高出一个头，且头脑灵活，组织能力强，自小便是"孩子王"。他不仅经常帮父母干农活，大山孩子的农闲娱乐游戏如捉迷藏、掏鸟窝、玩打仗、掷石子等，也都很拿手。儿时的他经常和小伙伴们比赛扔石子，看谁扔得又远又准，因为臂力惊人，一块石子一扔就是上百米远，没人比得过他。他掷石子不仅快，还讲究准头。树上灵巧的麻雀，地上快速爬行的蛇鼠，甚至水面上闪电般灵活的昆虫都是他练习的目标,久而久之他练得一手绝技——投掷石子又远又准,且力道极大。有一次,他和小伙伴们一起上山放牛,一群牛在山上疯跑撒野,他瞄准后掷出一块石子,正中头牛,瞬间将牛群拦下,小伙伴们目瞪口呆,十分佩服,称赞他为"神手福全"。

大山里走出的"神手福全"靠着这手绝技在军队中英勇杀敌。他成为后世传颂的革命先烈,并不仅是因为他卓越的战绩,更是因为他在革命中坚定的信念、信心,勇立潮头、奋勇向前的精神。

跪别亲人上战场

1931年7月,国民党反动派发动第三次"围剿",中国工农红军遭受前所未有的危机。此时,已参加紫云区防务会的汪烈山听到檀树岗招收红军的消息,心里十分激动:党和军队越是危险,我越要坚守!要去就去最前线!要去就去党和人民最需要我的地方!要去就去最危险的地方!

防务会领导也很支持他。接到檀树岗红军招募处同意招收他的消息，汪烈山十分激动，决定回家向父母告别。

越往家走，他越愧疚。家里靠耕种地主的秫田维持生计，父亲因长期繁重的体力劳动早已落下病根；母亲吴氏为补贴家用，早年以炸油条为生而熏坏了双眼。走上革命的道路随时都有牺牲的危险。今日一别，何日是归期？父母依靠谁？想到这里，他不知不觉放慢了脚步。忽然，他猛地捶了自己一拳说道："福全啊福全，你想什么呢？这天底下受苦受难、比自家更穷困的何止你一家？参加革命，加入共产党还不是为了解救天下受苦人？"想到这里，他不由得加快了脚步。

走到村口，他远远地看见满头白发的母亲，拄着棍子坐在门前的石板上，仿佛注视着远方。汪烈山心里说不出是激动还是愧疚，这个刚烈的汉子，禁不住流下两行热泪。他一路小跑赶到母亲面前，双膝跪下，哽咽道："娘，全儿不孝，回来看您和父亲了。"

老人双手抚摸着汪烈山的脸，颤声说道："全儿啊！回来就好，回来就好。你一年多都没回家了。"

"是全儿不孝，没有回来看望你们，父亲到哪去了？"汪

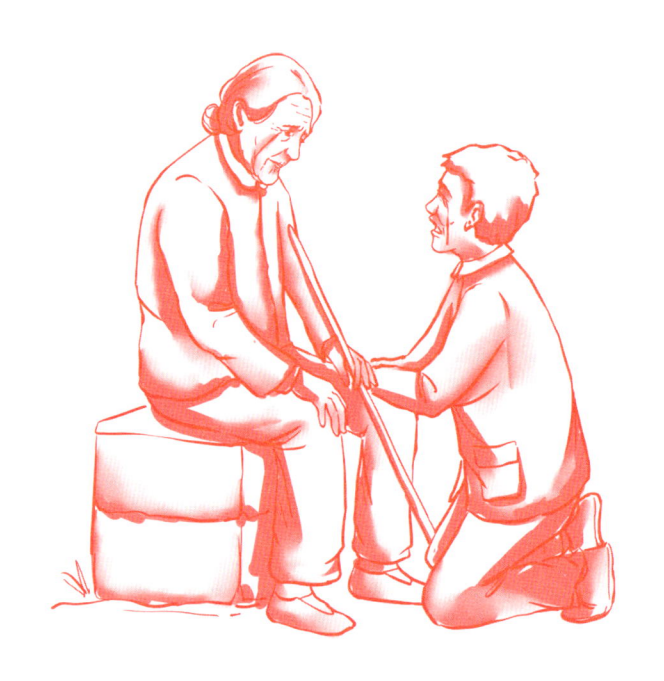

烈山问道。

"你父亲到地里做事去了。"母亲轻声说。

"叫父亲不要太辛苦了。"汪烈山嘴上虽然这样说,可他心里何尝不清楚,这天底下的贫苦农民哪个不辛苦呢?一年到头起早贪黑地劳作也填不饱肚子。

"娘,我这次回来看望你们,"他顿了顿,接着说,"就是向你们告别。我要去参加红军,只是心里放不下你和父亲。"

"想当红军你就放心地去吧!我们不会拖你后腿的。这些天我们也听说了,村里好多年轻的伢都去参加红军了。"母亲轻声说。

话虽如此,可汪烈山还是从母亲那双混浊的眼里看到隐隐的泪光。汪烈山不禁心酸,可是他依然坚定地说:"娘,我把这一生都交给党了,等全天下老百姓都解放,都过上了好日子,那时候我哪儿也不去了,我一定回来专心照顾你和父亲。"

"去吧,去吧!我家全儿是干大事的人,我和你父亲是不会拖你后腿的。只是到了部队以后,不要给家乡丢脸,不要做愧对祖宗的事。"

隔壁的叔父听说汪烈山回来了,就赶了过来。见到叔父,汪烈山忙起身说:"叔,我正要找您呢。这次我要去参加红军,恐怕很难回家了,只是两个老人身体不好,以后要靠您多多替我照顾他们。"

紧接着,汪烈山从口袋里掏出仅有的两块银圆:"娘,这里有两块银圆,一块给您和父亲,一块给叔父。我走后托他多多照顾你们。"

于是,他将一枚银圆递给叔父。叔父摆了摆手,说:"傻孩子,我怎么能要你的钱呢?你是去搞革命不能照顾家里,况且你家里这么困难,还是把钱留给你家里用吧。你走后我会帮着照顾的。"

见叔父不肯收钱,汪烈山也不强求,他随即将两块银圆一起交给母亲,说:"娘,自古忠孝不能两全,全儿给您磕头了,请您二位老人多多保重。"说完他双膝跪下,重重地向母亲磕了两个响头,然后转身拜了拜叔父:"叔,我娘和父亲就拜托给您了,我来世就是当牛做马也会报答您的。"

说完,汪烈山两眼泪水夺眶而出。他缓缓起身,毅然决然地告别了母亲和叔父,大踏步追赶红军部队去了,从此开始了南征北战的战斗生涯。可谁知,这一别竟是永别。

能攻善守立战功

汪烈山读过私塾,作战勇猛。他参加红军后,积极参加鄂豫皖革命根据地的创建工作,率队参加了第一次至第四次反

"围剿"作战。他从一名普通的红军战士迅速成长为红四方面军首任少共国际团团长。

1932年夏秋，红四方面军第四次反"围剿"失败，西越京汉路之后，尾追之敌在枣阳新集、土桥铺与红四方面军主力打了两场硬仗。战后，为加强主力，少共国际团分别被补充到各师，汪烈山调任红四军第十师第二十八团团长。

红四方面军被迫离开鄂豫皖革命根据地，粉碎了敌人的围追堵截，到达陕南，进军川北，开始了川陕革命根据地的创建工作。

汪烈山率领第十师第二十八团参加了历时四个月的反"三路围攻"战役，取得竹峪岭反击战的胜利，为空山坝大捷奠定了基础。

粉碎敌人的围攻后，川陕根据地和红军取得很大的发展。1933年6月底，红四方面军在木门召开军事会议，将四个师扩编为四个军。汪烈山升任红三十军第八十八师师长，政委为王建安。

汪烈山率领第八十八师的三个团参加了营渠战役、宣达战役、反刘湘"六路围攻"等战斗。营渠战役历时14天,歼灭杨森部敌团长以下官兵3000余人,缴枪2000多支。宣达战役后,达县(现四川省达州市达州区)全部解放。汪烈山在历次战斗中指挥出色。

红八十八师能征善战,是名副其实的王牌师。该师下辖三个团:二百六十三团以防守见长,屡建奇功,被总部授予"能守钢军团"称号;二百六十五团以善打夜战著称,被授予"夜老虎团"称号;二百六十八团擅长进攻,被授予"能攻钢军团"称号。一个师的三个团都获得总部授予的殊荣,当时只有红八十八师。试想,如果主帅没有超强的带兵能力和治军水平,没有率先垂范、身先士卒的过硬作风,怎么能铸造出有如此钢铁般意志的部队?

不仅如此,汪烈山还以身作则,与战士们同甘共苦。1933年春,军阀田颂尧向红军发动"三路围攻"。这时,陈锡联担任红三十团第一营政委(后称教导员),在团长汪烈山的教导下成长。一天,汪烈山叫一名通信员去送一封重要信件给师部,并再三嘱咐"当天晚上一定要送到"。通信员接过信出发不久,汪烈山忽然想起什么,吩咐陈锡联:"你快把他追回来!"通信员折返回来,汪烈山瞅了瞅他的脚说:"黑夜打赤脚走山路,怎么行呢?"当时,红军处境非常困难,不少同志没有鞋穿,天寒地冻,却打着赤脚。通信员说:"习惯了。"汪烈山当即脱下自己的鞋,交给通信员。

陈锡联看到这一幕,心里非常感动,就把自己的鞋脱下来递给团长。汪烈山却笑着说:"我穿了,你穿什么?"说着,他就转过身,聚精会神地看地图。

1933年10月，红八十八师与兄弟部队一起解放了达县，缴获了刘存厚经营多年的兵工厂、被服厂、造币厂等。这时，军需部门的同志看到汪烈山衣衫破旧不堪，就给他送来几件衣物。他拒绝了，并说："许多同志缺少衣服，还是让下面的同志穿吧！"在陈锡联等人的再三劝说下，他才留下了一件半新的卡其布军上衣，并叫警卫员找来两块布头，自己动手在衣襟上缝了两个很大的口袋。陈锡联等人不解，他一面缝线，一面乐呵呵地说："我见徐总指挥的军装上就缝着这样的口袋，既可装文件，又可装烟袋，方便得很哩！"

1933年11月，陈锡联在坚守达县以南的火烽山恶战中身负重伤。汪烈山闻讯大惊，立即赶来探视，见到陈锡联昏迷不醒，上衣也被鲜血浸透了，他默默地脱下那件半新的卡其布军上衣，轻轻地披在陈锡联身上。

不久，部队奉命撤出火烽山，向北转移。在一个叫石鼓寨的地方，汪烈山被敌人的流弹击伤，不幸壮烈牺牲。陈锡联闻讯，泪如泉涌，他把"为师长报仇"作为部队的动员口号。撤离石鼓寨时，大家都不愿把汪师长留在那里。他们抬着汪师长的遗体，一直抬了100多里路，最后把他安葬在大巴山麓。

陈锡联把汪烈山视为教授自己为将之道的好老师。在回忆录中，他真诚地说："……直到汪师长牺牲时，我仍穿着他的衣服。一双鞋子，一件衣服，我通过这些小事，学到了汪烈山同志以身作则、与指战员同甘共苦的优良作风。这种作风是我们人民军队的传家宝。我们要把这种优良作风一代一代传下去。"

"捐躯赴国难，视死忽如归。"汪烈山等革命先辈不怕牺牲、义无反顾的大无畏精神，以及不惧艰险、肩扛使命的铁血担当将时时刻刻教育、警醒着我们，"平常时候看得出来、关键时刻站得出来、危急关头豁得出来"。在新发展阶段，我们广大党员干部要继续传承红色基因，赓续红色血脉，以"砥砺责任勇担当，撸起袖子加油干"的从容与坚定，奋勇拼搏，攻坚克难，用一个又一个胜利把我们的家园、我们的祖国建设得更加美好。

血染鸡公寨　花开大别山

◇ 曹婉婷

在河南省新县的西南方,鄂豫边陲之处,有一座巍峨的高山,名为"鸡公寨"。山下有一道名为"大花台"的峡谷,万丈深渊,这里是中国共产党员晏春山为抵抗敌人而跳崖牺牲的地方。苏区人民为纪念这位烈士的英勇行为在此立碑。

晏春山,1893年出生于湖北省黄陂北乡木兰山附近的一个贫穷农民家庭。她十几岁就到武汉纱厂做工,在做工期间认识了忠厚老实的码头工人潘家年,并在患难之时与之结为夫妻。饥寒交迫的生活和工厂斗争实践，使她从一个单纯质朴的农村姑娘成长为一个具有坚强性格和革命思想的新女性。

1927年，晏春山夫妻在武汉失业了。为了维持生计，晏春山只好带着两个孩子回到了河南省光山县潘家湾（今河南新县郭家河）务农。在湖北革命形势迅猛发展的情况下，鄂东地区于1927年11月爆发了声势浩大的黄麻起义。位于鄂豫皖三省交界处的光山县与黄安县（今红安县）毗邻。受到黄安革命形势的鼓舞，光山人民也揭竿而起。晏春山参加了农民运动，她的丈夫潘家年参加了红军游击队。然而黄麻起义的失败，使得革命力量备受打击，白色恐怖笼罩着根据地，农民运动也走入低潮。晏春山在这种残酷的环境下，毫不退缩，始终坚守在潘家湾，进行革命活动。同年年底，她在杨家湾的一个小山村里，正式加入中国共产党。1929年，晏春山亲自率领潘家湾附近的贫农，参与白沙关镇的起义，晏春山被选为乡妇女主席。这一年冬天，在她的组织下，全乡30多个青年加入了红军。1932年秋，当红四军从鄂豫皖革命根据地撤走时，国民党军企图断绝游击队与群众的联系。得知晏春山的丈夫是红军之后，他们竟放火烧毁了她的房子，强制民众并村，迫使她搬到周洼去。晏春山并不畏惧，按照党组织的要求，她带领一批党员和群众，与黄安县鸡公寨、光山县潘家湾的两个游击队紧密合作，进行了一次又一次的革命斗争。在艰苦的战斗年月里，她常扮作卖烧饼油条的小摊贩，穿梭于七里坪、潘家湾等地，派发传单，宣传革命，组织和动员群众，收集敌人情报。同时她还担负起照顾受伤红军、采购并秘密运输粮食等任务，为巩固和发展根据地作出了很大的贡献。晏春山传递的情报帮助红军多次躲过袭击，游击队的战士们也亲切地称晏春山领导的潘家湾为"革命堡垒湾"。

但不幸的是，1933年冬天，晏春山被捕入狱。敌人为了从晏春山处获取关于红军的信息，将晏春山带到敌团部，进行了残酷的拷问。

"红军游击队在哪里？你到底说不说？"敌军官捏着晏春山的下巴，恶狠狠地问道。

晏春山怒目直视："我不知道！"

敌军官凶神恶煞地道："你不知道？烧铁，给我上！"数名彪悍的士兵一拥而上，将晏春山按倒在地，将滚烫的铁片烙在晏春山的胸前，只听见"咻"的一声，一道青烟升起。伴随着一声尖叫，晏春山晕死过去。敌军将领大喝一声："泼水！"一盆冷水向晏春山当头浇下。片刻后，晏春山悠悠醒来。

敌军官看晏春山宁死不屈，不肯交代红军的位置，便更换了酷刑手法，灌辣椒水、上压棍、钉竹签等。然而这位坚强的女战士，面对敌军的严刑拷打，忍着极度的痛苦，坚守着心中的正义。敌军多次审问晏春山，都没有结果，便更换方法。敌军装着仁慈的样子，为晏春山松绑，并问道："晏春山，你有丈夫孩子，难道你不想和他们团聚吗？只要你说出游击队的位置，我保证放你回家和家人团聚。"听到丈夫和孩子的名字，晏春山的思念涌上心头，怎么会不想呢？晏春山多么思念他们呀！可是，难道要为了小家而出卖同志、背叛共产党吗？晏春山想到这，直视敌军官："想知道游击队的位置？做梦去吧！"敌军见晏春山宁死不屈，便故技重施，用烙铁烙等方式残忍地折磨着晏春山。晏春山一次又一次昏迷过去，在昏迷中，晏春山无意识地说出了几位同志的名字，敌军连忙记下，妄想能得到关于游击队的线索。

晏春山清醒之后，敏锐地感知到了敌军的阴谋诡计。"他们趁我昏迷套取了游击队的线索？""这样下去是不行的，我多活一天，游击队就多一分危险！"晏春山考虑之后，一个为革命献身的念头萌生。于是，晏春山改变了态度，终于开口说话了，说要提供游击队的位置线索。敌军官以为是酷刑起效，终于能够获得关于游击队的有效线索，惊喜万分。两天后，晏春山在敌军的押送下，去指认游击队的位置。在经过晏春山家门口的时候，晏春山的邻居、亲人都眼含热泪地来看她。敌军见此情景，威胁她说："今天你带着我们去找游击队，要是能找到，我们就立即放你回去，你的孩子还在等你呢。要是找不到游击队的话你就别想回去了，就用石头把你砸死在山上！"

当晏春山戴着沉重的镣铐来到鸡公山的大花台崖后，她站住了，从容地理理头发，整整衣服，望了望身后的家乡，眼睛里流露着依依不舍的神情，似乎在和家乡道别。敌军急不可耐地问道："红军到底在哪？""就在这里！"晏春山指着万丈悬崖说道，随后高喊："中国共产党万岁！红军万岁！"便纵身跳下悬崖，为革命事业献出了自己宝贵的生命。

晏春山为了守护党的机密,为了伟大的革命事业英勇就义。她以血肉之躯,谱写了一曲壮丽的革命之歌,也为亿万女性树立了光辉的典范。

大别山里女英雄　血肉之躯铸丰碑

◇ 曹婉婷

1911年,伴随着嘹亮的婴啼声,小女婴余品英降生在金寨县沙河乡野猪凼村。余品英的到来给余家带来了欢乐,虽然家里人吃糠咽菜,日子非常艰苦,但是一家人过得十分幸福。1929年,余品英18岁时,她的家乡爆发了立夏节武装起义,余品英看到乡亲们斗地主、分田地,心情十分激动。她受到了乡亲们的鼓舞,决定冲破封建世俗的禁锢,加入打土豪的行列。余品英加入后,表现优异,党组织将其安排到沙河乡苏维埃妇女会工作。余品英在加入妇女会后参加了多项工作,思想觉悟以及工作能力都有了很大的提升,她后来成为一名共产党员,担任沙河乡苏维埃的党委宣传委员。

1931年,我军的第二次反"围剿"取得了重大胜利。敌军为了报复我军,使用飞机在苏区撒下大量的化学试剂,有很多人被病毒感染,皮肤溃烂,最终中毒身亡。经过多方打探,我军得知治疗这类病毒的药物只有在白区才能买到,这让组织犯了愁,因为通往白区的道路都被敌军锁死,根本没办法进入白区。这个时候已经调任豫东南道委妇女主席的余品英提议:"我们自己去白区买药吧!"起初,组织十分担心余品英的安危,怕她一个女同志会有危险,拒绝了余品英的这个提议。但余品英十分坚持,她说道:"正因为我是个女同志才更容易活动。这件事情要完成好,关系着很多同志的生命安全。"而组织在考虑了现实情况后,被余品英说服,同意她去完成这项工作。

一天,余品英为了进入白区,乔装成卖柴火的村姑,和一位老同志一同潜入了县城。余品英先去买了一些日用品,随后和老同志一同在县城哨卡处观察敌军的搜查情况。经过余品英的仔细观察,她发现,哨卡处的哨兵们对越穷的人搜得

越仔细,对穿着华丽的男女,不但不搜,反而点头哈腰,施礼放行。余品英看到这种场景,心中已有对策。她找到"仁济药房"的老板,在和老板说明来意后,得到了老板的支持,买到了一批德国抗生素。随后余品英和老同志一同伪装,余品英伪装成阔太太,老同志则伪装成佣人。他们还雇了一顶大轿,把药装在一个皮箱里,放在轿座下面,然后向城门南关而去。到了哨卡,余品英观察着哨兵的动作,当哨兵要掀开帘子检查时,余品英将其大骂一顿,哨兵便吓得点头哈腰,连忙放行。

后来，余品英通过多种方式，出没于敌占区，不仅购买了急需的药物，还买到了很多的军需用品，缓解了苏区药品和生活物品不足的问题。1932年秋，我军的第四次反"围剿"失败，余品英接到指示，和夏长山营长一起带领群众向深山区转移。但是，当他们到达椿树坳的山岭时，被敌人包围了。狡诈的敌军害怕搜索时遭到伏击，于是想用火烧山来逼迫余品英等人现身。她与夏营长为脱困而兵分两路，但最终寡不敌众，士兵伤亡惨重，而她与夏营长亦被俘虏。

　　敌人想从余品英和夏长山的嘴里获取关于共产党的消息，对他们严刑逼供，但是两位革命战士守口如瓶，宁死不开口。敌军为了从余品英处获取情报，使用了许多酷刑。一天，敌军使用烧红的烙铁，恐吓她道："你们共产党不是爱穿红的嘛，那我就给你双红绣鞋，你要是乖乖招了，这鞋就不必穿了。"余品英眼神中带着讽刺，坚定地说道："你们既然知道我们的爱好，那这鞋我自己穿。"说罢，余品英主动把鞋子脱下，站在了两个烧红的犁铧尖上，一股人肉的烧焦味直冲鼻孔，余品英痛得脸都变形了，但仍然咬紧牙关，没有发出一丝声响。敌人见余品英宁死不屈，转而折磨夏营长，他们将夏营长绑在四棵压弯的竹子上，然后猛然将竹子松开，夏营长一下被分为四块，鲜血四溅。敌军指着夏营长的尸体恐吓余品英："你要是再不说话，你的下场就和他一样。"余品英看到夏营长壮烈牺牲，心中悲痛万分，但仍然不肯透露关于共产党的一丝信息，她愤怒地说道："你们是吓不倒我的，我不会说出去一个字，怕死就不是共产党了，你们有什么手段尽管来！"敌军见余品英宁死不屈，最终残忍地杀害了她。

信念是巍巍大厦的栋梁，没有它，大厦倾倒，就只是一堆散乱的砖瓦；信念是滔滔大江的河床，没有它，就只有一片泛滥的波浪；信念是熊熊烈火的引星，没有它，就只有一把冰冷的木柴；信念是远洋巨轮的主机，没有它，就只剩下瘫痪的巨架。面对死亡，余品英同志高呼："共产党万岁！"余品英同志用自己壮烈的牺牲守住了心中的信念。

她是我们的英雄，她是我们的骄傲。

她的牺牲让我们心痛，但也让我们更加坚定了为正义和自由而战的决心。

她年纪轻，却展现出了坚忍和勇敢的品质。

她经历了无数的痛苦和折磨，却从未屈服，从未放弃。

她的信念和意志力让她成为巾帼英雄的典范。

她是为了人民、为了国家而献身的，她是值得我们永远怀念和敬仰的。

她的一生光辉而伟大，她的牺牲将永远被我们铭记在心中！

稻田里的英雄

◇ 曹婉婷

曾经,箭厂河地区是一片青青的稻田,温馨而宁静。

1927年12月的寒冷冬夜,黄麻起义刚刚落下帷幕,胜利的曙光还没有完全照到这片土地。而箭厂河地区的宁静与和平并未延续多久,一股阴霾迅速弥漫开来,这里展开了充满血腥和残酷的斗争。反动地主清乡团伙同敌军之力,犹如狂风暴雨般袭击了箭厂河地区。他们猖狂地进犯,这片贫瘠的土地瞬间变成了战场。他们无情地镇压革命群众,宁静的田野一夜间沦为血海。

清乡团和敌军之间的勾结,构成了一把铁链,束缚了革命力量。他们镇压的对象,不仅是坚持革命理想的共产党员,更有无辜的人民群众。在不到两个月的时间里,他们在箭厂河地区毫不留情地屠杀了300多名共产党员和革命群众。他们如厉鬼般疯狂地杀戮,这片被寒霜覆盖的土地变成了一片冰冷的血泊。这段时间的箭厂河地区,简直成了人间地狱。昔日的平静早已在这场屠杀中灰飞烟灭。

尽管如此,革命的火光却依旧顽强地跳跃着,闪烁着,照亮了沉寂的黑夜。

箭厂河地区熊家咀的程怀天出生在一个普通的农家,父亲是一名勤劳的农民,母亲是一位贤良淑德的妇人。程怀天从小就展现出了非凡的智慧和勇气,他热爱读书,渴望为国家作出贡献。他的家人也十分支持他的志向,并期望他能够成为家族的骄傲。1926年,程怀天参加了农民运动,并在同年成为中国共产党的一员。随后,在1927年秋天,他成为紫云区防务委员会的经济股长。在那个位置上,他组织了熊家咀的"九月暴动",为黄麻起义做了大量的准备工作。他被人民称为"紫

云的狮子",他带领着人民,点燃了革命的烈火。

然而,胜利的道路并非一帆风顺。敌军进犯紫云区南部时,程怀天心急如焚。他回到家中,快速地收集好那些他从豪绅地主手中征收来的公款和账册,找了个隐蔽的地方藏好,然后独自一人悄无声息地溜了出去。然而,就在他要离开时,冷酷的敌人把他抓住了。他被押到敌人的军营。一个士兵野蛮地推倒他,他重重地摔在地上,但他忍住了痛,不让自己露出一丝软弱。

"说!那些钱和账册藏在哪?"士兵咆哮着,朝他扔来一沓文件,正是他刚刚藏起来的东西。

程怀天沉默不语,他不会向这些敌人泄露任何秘密。

"只要你说出来,饶你不死!"敌人对程怀天的顽强气急败坏,他们威胁他,试图让他开口。

然而,程怀天目光坚定,毫无惧色,他以沉默回应他们的威胁。

"你……你……"敌人气急败坏地吼着,眼神中透露着难以置信,他们被程怀天的勇气和决心震撼了。

夜晚的营地里，寒风凛冽。严寒透过破败的墙壁，让冰冷的铁链更加刺骨。程怀天裸露在严寒之中，他的衣物早就被敌人剥夺，他的尊严也被敌军狠狠地践踏。"你现在后悔吗？"敌军官嘲讽道，再次问这个问题。

程怀天严肃地看着他，神情坚毅，像是要看穿他的灵魂。他没有开口，只是用行动回答。

敌军官愤怒地看着程怀天，又命令士兵用铁钉把他的四肢钉在门板上，用刀斩断他的手脚。程怀天咬牙支撑，没有求饶，没有哭泣，甚至没有发出声音。他只是静静地看着那个军官，仿佛在告诉他："你们可以摧毁我肉体的尊严，但再怎么折磨我，也无法动摇我的信念，摧毁我的精神。"

狱中的程怀天背靠着冰冷的墙壁，他用稻草和湿土做成墨水，用烂布作为笔，在地板上创作。他的同伴，一个已经几天没说过话的年老犯人，低声问道："你在写什么？"

程怀天回过头，微笑着说："我在写诗。"

老犯人惊讶地看着他，疑惑地问："写诗？这样的地方，你还有心情写诗？"

程怀天平静地看着他,声音沉稳而深情:"我投身革命已经两春秋,我的壮志未能完成,我做的只是开始,还有很长的路要走。"

老犯人默默地听着,眼中流露出深深的感动。

老犯人看着程怀天,深深地感叹,仿佛突然明白了什么,一股激动的泪水从他憔悴的脸庞滑落。他低头看向那些被程怀天写出的诗句:"投身革命两春秋,遗憾壮志尚未酬。烈士骨头钢铁硬,志在救国救神州。砍头只当风吹帽,甘洒热血绘锦绣。"他仿佛在黑暗中看到了一丝光明。

程怀天的故事就像星辰一样闪耀在历史的长河中,他的精神和信念与日月同辉,与岁月同存。他那入骨的爱国情怀,坚毅无畏的牺牲精神,仿佛化作久久不灭的星光,照亮着人们前进的道路。

程怀天的这份坚定与牺牲,赫然被记录在了中国的历史画卷上。这一笔有力的记录,既是对他英雄般的人生的认可,也是对他勇于牺牲的精神最高的颂扬。他的名字,成为一种精神的象征,成为对公平、正义与自由坚定追求的代名词。

永远燃烧的革命烈火[1]

◇ 梅孜孜

1946年5月,在鄂豫皖边界的陈绪林战士担负起了侦察的工作,为便衣队以及自己所处的部队在周边收集重要情报,同时还负责筹粮工作。

他穿着一件黑色的布衣外套,将衣服敞开,卷起两边的衣袖,露出里面的白色单衣。他挑着一根用竹子做的扁担,扁担光滑的一面压在肩膀上,手小心地扶着扁担左右两边捆绑

---

[1] 文章改编自:《红安文史》第五辑,第296—304页。

柴火的绳子，穿着已被磨得破烂不堪还黏着泥草的布鞋，弯曲着大腿，将身子往下沉，挑起了柴火。陈绪林走起路来微微横着身子，慢慢交叉着双脚，步子均匀，速度适中，俨然是一个为了生计而奔波的农民。他经常顶着烈日，挑着柴火在乡间行走，借着砍柴、卖柴的名义仔细侦察着周边的敌情。到了夜里，他便前往老百姓的家中、商铺里购买些粮食以及短缺的物资给便衣队和部队送去。

这是一份危险的工作，需要时刻保持谨慎，处处小心。也正是在多位身负侦察任务的同志的帮助下，便衣队和部队能够及时获取情报与粮食，使得革命力量得以保存并延续下去。

1947年12月的一天，一片片鹅毛般的雪花从天空中飘落，轻轻柔柔，纷纷扬扬，为大地铺上了一层洁白的被子，远处雾蒙蒙的空中已不见山头。这年的雪格外大，一阵狂风吹过，雪花狠狠拍向雪地中艰难行走的两个人，冰冷的风刃顿时刺穿了他们的身体，让他们不由得打起了寒战。只见这两位同志穿着冬装，右手都拿着一杆枪，帽子上已积满了厚厚的一层白雪。他们用左手擦去覆盖在睫毛上的雪花片，顾不上当下刺骨的寒冷,继续尽可能快地爬向山头。

他们知道,这是一个绝好的侦查时机。

没过一会儿,他们就爬到了蔡家湾对面的那座山头上。只见陈绪林与另外一位战士迅速趴下身子,贴在雪地上,趁机赶忙搓了搓红肿的双手,揩了揩睫毛上的雪,转而又迅速抬头仔细地观察起了山下的一举一动……就在这时,陈绪林微微眯起的眼睛忽然睁大,他立刻拍了拍身边同志的肩膀,用严肃的神情看着同志,同时用另一只手指向山下。

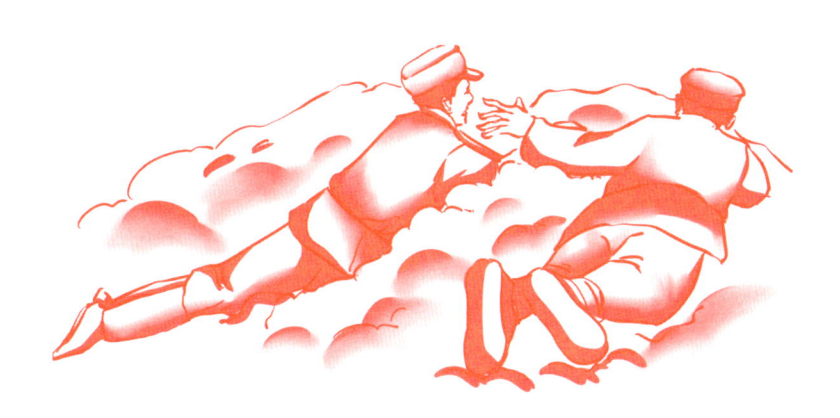

顺着陈绪林的指尖看去,白茫茫的雪地上有一排黑漆漆的脚印!从脚印的数量估计,大约有一个团的人数!要知道当时陈绪林他们所依靠的武装力量也只有由县政府机关一百多人组成的县大队。兵力悬殊啊!陈绪林和另一位同志立刻起身,顺着山坡便向下跑去。雪实在太大,飞落的雪花总会蒙住他们的眼睛,挡住他们前行的脚步。两位同志对视一眼,二话不说便一起沉下身子,向山脚滑去。等地势平稳一些后,他们又马上站起来,挺起身子,拼命朝着蚌王山的驻地跑去。等他们气喘吁吁地跑到村中时,发现因天气原因,周围的岗哨已全部撤下。但是他们必须马上汇报!于是二人抵御着阵阵飘雪,忍受着奔跑时划在脸庞的刺骨寒风,向前跑去……

在他们二人跑回去汇报时,敌人已来到了山下的河沟里,我方政府机关就近在咫尺!幸好有两位侦察员及时报告敌情,县政府机关才做好了部署,避免了惨剧的发生。

六月初,大别山区迎来了夏季,山花遍地,艳阳高照。但是,对于行军的部队来说,这是个难熬的时节,美景满园又怎能填饱战士们空空的肚肠?饿得面黄肌瘦的战士们只能拖着虚弱的身子继续躲避敌人的追击。还有余力的战士便负责在相对安全的时间上山挖野菜、摘野果。但是没有油盐的食物实在难以下咽，野芹菜、野竹笋又麻又苦，不断折磨着战士们的味蕾。此时，青黄不接，穷苦的农民们也在挨饿，无计可施，无粮可筹。陈绪林和司务长看着虚弱的战士们和村民们，苦在眼里，急在心里。这该如何是好？

这天，陈绪林和司务长穿上了白色的单衣，将裤脚卷到小腿肚，把一条打湿的毛巾搭在脖子上，手枪别在腰间，小心地用衣服挡住，将自己装扮成种田人的模样，各自挑着一担柴火来到了有敌人驻扎的黄陂。正巧，这一天是集日，老百姓都在此处赶集，街上人头攒动，有挑米的，有采买衣物的，还有吆喝着卖粮食的。如此一来，两位同志就不容易被敌人盯上。他们边走边注意着周边的街道、店铺和人群，在确认周边都是普通群众后，两位同志才谨慎地走进了一家米行，将柴火顺势放到了米行的门口。正在核对账单的老板注意到两位同志，连忙放下手中的活，将他们迎进屋。陈绪林同志俯身低头在老板耳边悄悄说明他们的目的——想借一些粮食。老板听罢，抬头瞧着两位同志，在他们干瘪、脱了皮的脸上看到的却是坚毅而又真诚的眼睛，不知这瘦弱的身躯扛下了多少个家庭的希望。老板赶忙点头答应，随即挥手招呼一旁的伙计过来，足足装了两大袋米，朝着两位同志点点头，将米交给了他们。两位同志马上蹲下身子，一边将米扛在肩上，一边连连跟米店老板道谢。一背上这两袋大米，便顾不得刚刚挑过来的柴火，借着人流迅速地朝着营地跑去。陈绪林一边跑着，一边想象着同志们吃上大米时露出的笑颜，顿时感觉浑身都充满了力量。

像陈绪林同志这样在部队中负责侦察敌情、提供物资的战士们为革命作出了不可磨灭的贡献。也正是有了开明绅士、人民群众的帮助，革命军队才获得了一次又一次的胜利。他们共同将革命的火炬传向四方，革命的烈火也由此不断燃烧……

一名"教书先生"的故事[①]

◇ 梅孜孜

"雪压竹枝低,岁寒志不移。红日高照起,雪化水入泥。"在大别山地区,有这样一位战士,他用实际行动传播着革命的火种,让真理闪耀着光辉,使其如同太阳的光芒一般,播洒在人民的心中!

故事还要从1927年讲起。

年前的一个傍晚,西边的晚霞渐渐隐去,尖尖的月牙消失

[①] 改编自《红安县志》,第706页。

在黑云之后，微弱的星光在天边怯怯地闪烁，注视着湖北省黄安县（今红安县）檀树岗陈家洼村中正渐渐聚拢的点点微光。这光亮来自哪儿？原来是陈家洼村的村民们正手提油灯，迎着呼呼吹来的寒风，裹紧单薄的衣衫，三步并两步地朝着一处砖瓦房走去，这里是村民们每日晚上必到的地方。靠近这座砖瓦房，透过窗户，便可以看到一位身材高挑、清瘦的青年展开手臂，拿着书本，不断与村民们说着些什么……刚到的群众则纷纷不约而同地放轻脚步，迈向房间的角落，搬开长板凳，四五位紧紧挨着坐在一起。他们刚坐下就用渴求的眼神看向前方，仿佛正期盼着什么。青年见状，立刻将讲话的语速放缓了些，开始回顾起适才所讲述的内容。原来这位青年便是回乡与同志们一起创建农民夜校的陈定侯。他正用方言向村民们细细讲述着农民运动的过程、目的与意义等内容。村民们用渴求的目光看向这位"教书先生"，仔细聆听着这些从未听过的道理，时不时情不自禁地点头称赞、拍手叫好。砖瓦房内有翻书声，有讲课声，也有叫好声。屋内的微弱光芒照亮了村民的眼睛，更照亮了村民的心房，使他们与真理更紧密地联系在了一起。

一名"教书先生"的故事

在刘家冲,无论在村庄的大树旁、房屋边,还是在院子里,无论白天还是黑夜,常常能看到穿着简朴、身材清瘦的陈定侯拿着书本,穿梭在各个农户家中,不厌其烦地讲述着真理,宣传着革命。一位村民不忍看到这位"教书先生"在走村串户与教书育民的过程中挨饿受冻,便急忙跑回屋内,打开自己结实的大木箱,拿出准备在自己儿子结婚时派上用场的棉袄与帽子,走到陈定侯身旁,并不觉有任何不舍,二话不说便递给了这位姓"共"的先生,这位带领贫苦百姓睁眼看世界的战士。

这一年的初春,北伐顺利进行,农民夜校不断扩大,群众普遍开始觉醒,积极踏上争取合理、合法权益的道路。在此基础上,正月十五这日,农民协会与农民自卫队成立了,农民们有了自己的组织。农民协会成立大会过后,村民们喜笑颜开,个个舞动着双臂,迈着欣喜的步伐,在房前屋后表演起了自编的文明戏,村中锣鼓震天。古老的村落里,"打倒军阀,打倒贪官污吏"的声音逐渐变响,争取独立与和平的愿望在村民心间传递着。霎时间,乌云尽散,晴空万里。

但革命的道路从来都不是一帆风顺的。农民运动的兴起,极大地触动了地主阶级的利益,逃亡的陈家洼地主随即与"红枪会"狼狈为奸,沆瀣一气。他们多次侵扰陈家洼,干着杀人放火之事,行事毫无顾忌,所到之处尽是一片狼藉。农民协会被砸,陈定侯家房屋被烧,革命群众被捕,简直就是"红晴恶犬如豺虎,人腿衔来满地拖,兵去匪来屠不尽,一城老幼剩三人"的真实写照。恶霸们来到陈定侯的家门前,扔下众多火把,火势迅速蔓延开来,吞没了整座房屋。听到自家被大火吞没的噩耗,陈定侯皱了皱眉头,随即继续挥舞着手臂,不停地大声向群众呼喊着,组织着群众有序转移,同时思索着自卫队该如何还击。"不怕,野火烧不尽,春风吹又生!"这是陈定侯坚定的回答。

转眼,来到1928年。陈定侯不仅给父老乡亲们上课,还积极参与到部队的政治建设中。他担任起中国工农红军第十一军三十一师的政治部主任一职,在部队中向普通百姓传授知识,讲解文章。陈定侯几乎每天都穿着一身整洁的、灰色的红军军装,将左手习惯性地扶在腰上,右手随讲述的声调不停在空中挥舞、比画着,他声情并茂地对战士们说道:"对群众要如同父母,借物要还,损坏要赔,耐心讲道理,不准打人骂人,必须很好地遵守纪律,给群众以良好印象。"与此同时,他还向红军战士耐心地讲述着党的主张,用最通俗的话语讲解当前的政治形势和必要的军队纪律。他会说"能吃苦,就有希望",也会说"革命定会成功,胜利定在前方",不断用乐观的态度、积极的话语激励着周边的战士们。尽管上课的地点不同,教导的学生不同,但有一点始终不变,那便是在每一次讲课后响起的阵阵掌声。在一声声赞同声中,陈定侯的话使得部队战士的思想集中起来了,精神振奋起来了。就这样政治教育逐渐开展起来了。陈定侯不仅在战士中进行理论宣讲,还持续积极地参与创办各大刊物及发表文章,《红旗》《苏维埃》等刊物都在陈定侯的指导与努力之下不断发展壮大。

在陈定侯身上,我们不仅看到了他作为一位老师,对学生的启蒙与指导,努力钻研,为宣传科学理论而不懈奋斗;我们还看到了他作为一名共产党员,对群众的关心与尊重,风雨同舟,为解放广大的人民群众而点燃激情,挥洒青春;我们更看到了他作为一名战士,对队友的肯定与帮助,百折不挠,为革命理想而赴汤蹈火,浴血奋战。正因为有无数陈定侯这样的革命者,革命的胜利之火才能够呈燎原之势,我们才能够取得最后的胜利!

革命赵子龙——潘忠汝

◇ 潘昕源

20世纪20年代的湖北黄陂县（今武汉黄陂区），炎炎夏日下一位少年正在一丝不苟地扎着马步，已经被汗水浸湿的衣服表明他已在这里锻炼多时。突然一阵穿堂凉风吹拂而来，少年睁开了眼睛说道："师父，当今中国积贫积弱，我已在此习武多年，有了保护自己的本事，但无力保护饱受欺辱的国家，每每想到这，我就痛心疾首却又无可奈何。我如今想出师去学那救国救民之法。"这位从小就对国家饱含深情的青年便是后来在敌人阵前六进六出的"革命赵子龙"——潘忠汝。

正是抱着这种救国救民的理想，潘忠汝于1924年考进了当时由董必武老先生创办的武汉中学。这里有湖北、湖南、河南等省的大量工农子弟和进步青年，武汉中学秉承着新式教学理念以爱国爱民的教学方针培育学生，不仅教授现代科学知识、培育新式人才，更教导学生以天下为己任。

在校期间，潘忠汝知道自己之前由于离开学校专门去习武，在学业上落后于其他同学，所以他更加刻苦学习，经常挑灯夜战，也得到老师同学们的肯定和帮助。在与老师、同学们交流的过程中，潘忠汝经常会听到"革命"一词在师生之间流传。带着好奇心，潘忠汝一大早便去教员办公室请教，教员给他详细讲述了当前中国社会的现状和世界各国历史。这次交流为潘忠汝打开了新世界的大门,此刻他的世界并不只有家乡黄陂、省城武汉,而是整个中国,整个世界!

自此之后,潘忠汝在学校大量阅读《共产党宣言》《新青年》《向导》等马列著作和进步刊物,与老师、同学商讨中国革命形势,并积极参加革命活动。1925年5月30日,五卅运动爆发,潘忠汝听闻后立刻组织同学上街游行,和同学们高喊着支持工人群体的口号,还邀请身边驻足观看的群众加入游行队伍,并向他们讲解什么是社会压迫。

此时的潘忠汝已经是一个入门的马克思主义者了,老师和同学们也对这个身体健硕的黄陂小伙连连称道,鼓励他投笔从戎,在当时武装暴力革命的思潮下投身军校。潘忠汝也认为自己在校学习的理论应转化为实践行动,于是报考了黄埔军校在武汉开设的分校——武汉中央军事政治学校。后来他以优异的成绩通过了考试。在校期间,潘忠汝一边学习军事知识一边向党组织靠拢,最终光荣地加入了中国共产党。毕业后,潘忠汝被派到黄安县公安局任军事教练,训练当地军警。

1927年4月12日，蒋介石发动反革命政变，大量国民党左派和中国共产党党员遭到杀害，全国革命形势一片乌云密布，潘忠汝此刻也在黄安县城对农民们说："农民同志们，现在一小撮人鼓动我们放下武器，那是万万不能的。我们农民自卫军只有将枪炮牢牢抓在自己的手里才能避免之前被地主老财欺辱的日子重新上演！"潘忠汝告诫民兵们要随时做好同国民党反动派殊死斗争的准备，同时潘忠汝时刻监控着民兵队伍的动向，防止叛徒带来巨大伤害。果不其然，队伍中的投机分子熊振翼和余配芳看到革命形势不对后立马调转方向，带领自己的队伍投靠国民党。由于潘忠汝的防备，这两个叛徒前脚刚到麻城一带表"忠心"，潘忠汝后脚听到消息就立刻带领民兵部队前往麻城。熊振翼和余配芳这两个叛徒还在做着大富大贵的白日梦，却不想潘忠汝的部队神兵天降，打败了熊、余等叛徒，平息了麻城叛乱。而经过此次战役，潘忠汝的部队也成为湖北地区中国共产党掌控的唯一武装力量。

历史的洪流很快就奔潘忠汝而来了。1927年11月3日，黄麻特委根据"八七会议"精神决定举行黄麻起义，夺取黄安、麻城这两座县城，潘忠汝正是此次起义的总指挥。他深感责任重大，立刻着手分析敌情。由于敌强我弱，潘忠汝先趁着夜色将国民党进驻七里坪地区的一个营偷偷"包了饺子"。只听一声令下，战士们如排山倒海般发起冲锋，很快就取得了胜利，缴获了大量武器装备。国民党反动派听到此消息后更加害怕，紧急派驻一个团进入黄安县城，潘忠汝知道等这个团进入县城后再想夺下县城就非常困难了，于是他决定立刻起义。在"暴动，夺取黄安城！"的口号下，当晚的黄安城火光冲天，万余名起义战士冲向县城，城内的反动武装分子落荒而逃，伪县长和土豪劣绅等10余人都被起义战士擒获。黄麻起义取得初步胜利。

但是革命并非一帆风顺的。起义军在胜利后又击败了国民党的一次偷袭，便滋生了轻敌的情绪，派出大部分部队出城打土豪、分田地，城内仅有200多名守军将士。城内兵力空虚的状况被国民党部队察觉后，其派出一个教导师偷袭黄安县城。

1927年12月5日夜。

"轰——"黄安县城南门被炸开一个大缺口，国民党部队如蝗虫般涌进县城里，见人就杀，见屋就烧。"不好！白狗子来了。"正准备休息的潘忠汝立刻穿好衣服向总指挥部跑去。"你和吴光浩立刻组织队伍北撤,我去南门阻击敌人。"党代表戴克敏焦急地说道。潘忠汝见状立刻率部向西门撤退,途中突遭敌军火力猛烈的攻击。由于潘忠汝熟悉地形,很快就带队冲出了县城西门,但是他看到还有许多战士被围。"你们快走,保存革命力量,我去救其他同志!"说罢,他头也不回地奔回县城里。潘忠汝身手矫健,在西门往来冲杀,六进六出,仿佛古代的赵子龙再世,敌军见了莫不惊叹。冲杀期间,他的右臂被打断,他就咬牙用衣襟缠住流血的伤口继续拼杀,只为救出更多战士。但是在第七次突围的时候,潘忠汝的腹部不幸中弹,他忍着剧痛继续指挥战斗,但终因伤势过重而倒下。面对着身边紧随他的战士,潘忠汝断断续续地说道:"不要管我,你们快去与大部队会合,这是我仅有的一枚银圆,请你将它交与我的家人。"

年仅21岁的潘忠汝牺牲了,但他留下的革命精神永存人世,正如潘忠汝写过的诗一样:

革命赵子龙——潘忠汝

尧天舜日事经过,

世态崎岖要整磨。

不肯昏庸同草木,

愿输血汗改山河。

泣血的"百灵鸟"

◇ 潘昕源

哎呀我的个郎当红军,

送郎送到房门前啰喂。

劝郎革命心要坚啰,

任劳耐苦为革命啰喂,

穷人才有出头天啰。

……

一首稚气悠扬、婉转动人的《送郎当红军》响在列宁小学的礼堂上空,在座的人们听到那句"穷人才有出头天"时,没有一个不潸然泪下。坐在台下第一排不断鼓掌的是一位面相俊朗的男子,他听了《送郎当红军》《穷人歌》《送饭歌》等革命歌曲之后连连叫好,拍手称道,这位男子便是鄂豫皖苏区的领导人吴焕先。等演出结束后,吴焕先专门来到幕后慰问,他一眼就看到了那位引得观众连连称赞的小女娃——肖国清。吴焕先弯下身子摸了摸肖国清的头说:"小同志,你唱得很好嘛。我看你可以加入区苏维埃的宣传队咧!"听到这,肖国清害羞地低下了头,说:"真的吗?我喜欢给咱们穷苦老百姓唱歌,唱咱们共产党、咱们老百姓自己的歌!"幕后的领导和老师听到了肖国清这番话,纷纷鼓励她努力学习,为更多的老百姓唱歌。

肖国清出生于河南新县箭厂河乡,无数仁人志士从这里走出来,为革命事业抛头颅、洒热血。肖国清从小就受到周围的革命氛围的感召,作为一个贫苦农民家庭的孩子,她从小就对大众百姓怀有深厚的感情。苏维埃政府成立后,共产党给贫苦人民分田地,穷人的孩子也能够进入学堂念书。生活发生翻天覆地的变化让肖国清意识到红军是穷人的队伍，共产党是老百姓的政党，代表中国最广大老百姓的根本利益。天生拥有一副好嗓子的肖国清从小就喜欢唱歌，进入苏维埃政府创建的列宁小学后，肖国清被音乐老师挖掘出音乐方面的天赋，老师经常带她去乡苏维埃的文艺演出上表演才艺，还教导、鼓励她结合本地的民歌民调创作新的革命歌曲。就这样一来二去，乡苏维埃人民没有一个不知道她这个"苏区百灵鸟"的。

在列宁小学学习期间，肖国清光荣地加入了共青团并担任村童子团的团长，带领村内的孩子在革命斗争中贡献自己的力量。她从列宁小学毕业后，先是担任本村的共青团书记，后又光荣地加入中国共产党，成为一名为劳苦大众求解放的共产党人。肖国清一边在血与火的考验中开展严峻的对敌斗争，一边在苏区开展轰轰烈烈的红军宣传运动。

1932年秋天，红四方面军因为革命形势变化离开大别山，国民党反动派看准这个机会对革命根据地展开疯狂的反扑。作为留守在根据地的红色交通员，肖国清深知留在苏区的游击队和老百姓面临重大危险。于是，为了及时通报给游击队队员，肖国清经常利用自己身材娇小的特点，扮成一个卖花生的小女孩，侦察敌情，使得敌人常常在进攻游击队时扑空。

有一次，为了及时前往游击队的驻地通报信息，肖国清将信件藏在自己长长的头发当中，路过哨卡时她被卫兵认出并拦了下来："喂，你是不是那个会唱歌的小鬼，你要到哪里去？"守卡的卫兵盘问道。肖国清不慌不忙地说："我的姨父生病了，我妈叫我采了点药去看看。"说罢，肖国清拿出草药给卫兵看，卫兵看了将信将疑地准备放行。突然另一个卫兵不怀好意地说："不是都说你这个小鬼唱歌好听吗，唱首歌给我听听。"

肖国清见状，决定改编《送郎当红军》，唱道：

哎呀我的个郎当士兵，

送郎送到房门前啰喂。

劝郎当兵心要坚啰，

任劳耐苦为妻儿啰喂，

穷人哪有出头天啰。

……

这两个卫兵听了便联想到自己的妻儿老小,不由得红了眼眶。这时正巧出来巡逻的小头目听见了,直接给了两个卫兵一巴掌:"干什么呢!这是共产党的歌!"然后又恶狠狠地指着肖国清说:"谁叫你唱的这歌,你跟我走,我看你是个小共产党!"

"是老总叫我唱的,不是我。"

"跟我走就是了!"小头目看来并不想轻易放过肖国清。

肖国清见状,心想不能在这里停留过多时间,假装先答应头目,然后说鞋松了,蹲下来提鞋子时顺手抓起一把沙子向

头目的眼睛撒去，然后像兔子一般跑进了树林中。

头目气急败坏地大喊，要卫兵抓住肖国清，但这两个卫兵还记着刚刚挨巴掌的仇恨，故意乱打了几枪就回去了。

肖国清就这样用自己的胆识和聪慧多次给游击队通风报信。后来游击队员大部分被编入红二十五军，去往外地，当地反动民团团长易本应带着队伍对苏区人民展开了罪恶的残酷镇压，肖国清在掩护群众撤离时不幸被捕。

易本应看肖国清只是个弱不禁风的女孩，威胁她只要说出游击队员的下落就放她一条生路。肖国清听了冷笑一声，然后闭口不言。易本应见状十分恼怒，对肖国清采用各种极刑，不仅拔光了她的头发，还用竹签插入她纤细的手指。肖国清多次被打晕，昏死后又被冷水浇醒。一次次的折磨，丝毫没有动摇她的信念。易本应见硬的不行决定来软的。他将肖国清的母亲和弟弟带来监狱，对她说："只要你说出游击队的下落，你就能和你母亲、你弟弟一家团聚。"

肖国清的母亲看到女儿遭受的折磨泪流不止。肖国清对母亲说："妈，请原谅女儿不孝，你和弟弟在外面一定要照顾好自己。革命终有胜利的那一天,你们一定要替我看到那一天!"然后肖国清因为身上的伤痛又昏死过去。

等到肖国清醒来,周围全是火把,前面则是一个大土坑,肖国清瞬时明白了等待着她的是什么。肖国清不理会易本应说的"为时不晚,只要说出来还有得活"之类的话,唱着《国际歌》径直向大土坑走去:

起来,饥寒交迫的奴隶!

起来,全世界受苦的人!

苏区的"百灵鸟"为革命献出了自己的生命,但她动听的歌声始终在苏区的大山深处流传,她的事迹一直被人民传唱至今。

一条鲤鱼退敌军

◇ 潘昕源

1927年11月,湖北宣化已经辞夏迎秋,凉爽的天气并没有给丁印坤带来一丝放松的心情。头上的汗珠不断滴下,身为罗山头号豪绅地主的他此时正在堂前来回踱步。

"丁老爷,您没事吧?工作组的熊先春再过几天就要到咱们罗山来了。他一来,那群农民可就要被组织起来造咱们的反了。"一位满脸皱纹、身着华贵丝绸的地主说道。

"需要你提醒?我难道不知道吗?一群废物,连一群泥腿子都搞不定!"丁印坤恶狠狠地瞪了那个地主一眼,此刻的大堂一片寂静,平时嚣张跋扈的地主们前几天得知熊先春将率领农民武装工作组来宣化、姚畈一带活动时,纷纷坐立不安,来求计于丁印坤。

"他不是要来救那群农民吗?好,这次就让他有来无回。你们过来听我安排。"他示意众地主聚拢,悄声说着什么,说完,丁印坤露出了阴险的笑容。

秋天的罗山,落叶纷纷,瑟瑟秋风吹动山林,仿佛预示着即将席卷整个中国的伟大变革的来临。"熊委员,咱们休息一下吧,弟兄们走了两天路都累得不行。"罗向导拿起衣角擦了擦脸上的汗水。

"老罗,太阳就快下山了,这里前不着村,后不着店,太危险了,还是往前走走再休息。"熊先春认为此地太过凶险。忽然,砰!砰!砰!"不好,有埋伏!"说时迟,那时快,熊先春立刻和农民武装人员寻找掩体,开枪回击。

"熊先春,赶快投降吧,我家丁老爷重重有……"还没说完,熊先春的子弹已经在他的脑袋上炸开了花。"可恶的地主狗腿子,知道我们要来,怕是提前埋伏好了。老罗,我在这掩护你,你快回去通知县委!"尽管对熊先春放心不下,可老罗知道,他必须回去向县委说明情况,搬救兵。

随着战斗的持续进行,熊先春部队的子弹逐渐见底。熊先春身先士卒,奋勇搏斗,伤敌三人,但终究因为寡不敌众,身上受伤达九处之多,筋疲力尽,不幸被捕。

"老熊,你说说你,和那帮泥腿子在一起干什么。我看你也是个人才,不如加入我这,倒也免去许多皮肉之苦。"

"呸!谁不知道你丁扒皮的名声,中国就是有了太多你这种人,老百姓的生活才会如此劳苦。"熊先春被捕后坚强不屈,被当地老百姓说"又能打又够汉"。县委得知熊先春被捕后立刻组织营救,最终将其救出,然而熊先春却因为先前受的伤加上被捕后的拷打不幸致残。每每看到自己受伤的腿,熊先春内心的革命之火总会熊熊燃烧,誓要把这罪恶的旧世界烧得一干二净。

熊先春先后率领部队参加了枣林岗、殷区农民斗争,拥有多次农民武装斗争经验,成长为党的相当有军事素质和政治素质的革命干部。1932年，他被任命为鄂东北独立团团长，负责保卫苏区。同年7月，熊先春带领部队进驻花山寨一带，准备以此为据点进攻白区，但是由于叛徒出卖，国民党部队共五个团的敌人向花山寨袭来。战斗进行了三天三夜，红军战士们在熊先春的带领下，利用战略高地、地形优势打退了敌人的三次进攻。国民党部队自知强攻不下，妄图通过断绝水源和粮食，迫使红军溃败。

得知敌人动向的侦察队员立刻将敌人的方案汇报给了参谋部，参谋部的参谋们见状纷纷表示花山寨的粮食不能支持军队久住，必须率领部队冲出国民党的包围圈。参谋部设在一间矮矮的瓦房当中，众人七嘴八舌地议论着，最后都望向一言不发的熊先春。只见熊先春走到水井旁的池塘边，看着水面泛起的阵阵涟漪。他对大家说："同志们，少安毋躁，国民党想困死我们还没那么容易，我已经想好计策了。"众人听到熊团长这么说，都来询问具体计策，但是熊先春只是笑着摆摆手："到时国民党自会退去就是了。"

第二天，国民党在花山寨北部山沟中看到一条活鱼，在晨雾之中这条鱼发出"扑通扑通"的声音，吓得国民党官兵以为红军出来偷袭了。士兵定下心来一看，才发现是一条足有三斤左右的大鲤鱼，便立刻上报给敌前沿指挥所。国民党指挥官看了很是诧异，不信花山寨上还有这么大的鲤鱼，叫厨师将这大鲤鱼破开，鱼肚子里面居然还有米饭。

第三天，红军前线侦察兵来汇报，说敌人已经准备退兵了，参谋们听闻此消息没有一个不佩服熊先春的，称赞他为再世诸葛，并询问他究竟用了什么计策，敌人居然真的乖乖退兵了。

熊先春笑着说："国民党不知道花山寨的具体情况，我们这寨子的池塘和井常年不干枯，很多年以前里面就有鱼。我们部队在此驻扎后，池塘的水用得很快，也就很容易捕捞到里面的鱼，我命令将煮成半熟的大米用香油焖炒，倒入池塘中给这些鱼吃，再将这些鱼投入隧道让国民党捕捉，他们看到这些肥大的鱼和鱼肚内的米粒，自然会觉得我们红军在这花山寨上要粮食有粮食，要水源有水源，再围攻下去也无济于事，也只能退兵了。"众人听了熊先春的话，没有一个不称道叫好的。

机智勇敢的熊先春率领独立团驰骋在鄂豫边周围，国民

党和当地反动武装屡屡想要包围剿灭熊先春,但结果都是损兵折将。于是他们使用反间计,散发流言和离间书信,称熊先春将脱离共产党。熊先春得知后立刻向红二八军政委做汇报,并且为了打消上级的顾虑,主动提出暂时离开自己一手带出来的部队,隐居在他叔叔家中。但是熊先春的行踪被叛徒告了密,敌人包围了熊先春所住的村庄。当晚火光冲天,敌人扬言,如果不交出熊先春就把全村人都给杀了。熊先春为了保护乡亲们,毅然决然地站了出来,最终被敌人杀害于信阳。

永不退场的红色公诉人

◇ 刘龙飞

(一)

程玉阶是大别山区麻城县(现麻城市)乘马岗镇人,出生于清末富裕家庭,幼时在私塾就读,其老师是位有良知、重节义的长者。

一日,程玉阶在课堂上向老师请教"碧血"一词的来历及含义。

老师回答道:"出自《庄子·外物》,'苌弘死于蜀,藏其血,三年而化为碧'。用来比喻忠义之士受到误解,但始终保持忠贞的品质。"

程玉阶听完颇为感慨,大声说道:"古人如此,我等更应如此,当为理想捐出满腔碧血!"

老师听完连连点头,指着程玉阶对众学生说道:"众位同学,程玉阶年纪轻轻,却志向远大,尔等要向他学习啊。"

众学生都很服气,纷纷鼓掌,唯有一位叫徐固盘的男同学不服气,暗自发誓:"程玉阶,我将来绝对不会比你差,还会监督你的言行!"

程玉阶、徐固盘等有志青年逐年成长,接触到了共产主义,加入了中国共产党,在麻城县开展轰轰烈烈的农民运动,成立各级农会。程玉阶出任了麻城县总农会会长,徐固盘出任了乘马岗镇农会会长,但徐固盘并不服气程玉阶。

在程玉阶的领导下,麻城县的各级农会批斗了很多负隅顽抗、拒绝交出田地的地主,震慑了其他未表态的地主,令他们胆战心惊,其中就包括程玉阶的舅公路涛。

路涛原本是个唯利是图的奸商,在外地经商多年获利颇丰，后来回到乘马岗镇买地、雇农做了大地主，仍旧死性不改，对农民狠命欺压，与开明的程家也没有什么来往。

眼见身边农民运动兴起，乘马岗镇还成立了苏维埃政府，路涛不禁满心惊惧。有人见状就劝说他："你是程玉阶的舅公，他是你的晚辈，一定会关照你的，有什么可担心的啊。"

路涛听完，却连连摇头道："我是看着程玉阶长大的，他冷酷无情，不但不会关照我，还会主动把我推出去，接受泥腿子们的审判。与其让他来找我，不如我主动交出田地。等有机会，再做别的打算吧。"

路涛果然找到程玉阶，献出全部田地，也没敢提出什么要求，灰溜溜地回家，从此夹起尾巴做人。

1931年7月1日，鄂豫皖区第二次苏维埃代表大会召开，成立了革命法庭。程玉阶被任命为革命法庭公诉处处长，成为我国最早的公诉人。程玉阶大公无私，公平公正地处理了很多案件，得到领导和广大群众的认可。土豪劣绅、贪腐分子对他又恨又怕，唯有路涛觉得时机到了。

路涛看到程玉阶去了人民法庭任职，长期不回乘马岗镇，

立刻站了出来,找到乘马岗镇苏维埃政府的领导,凭着程玉阶的名头和以前捐田地的功绩,要求在苏维埃政府任职,还信誓旦旦地表示要为农民服务。

乘马岗镇苏维埃政府的领导被路涛蒙蔽,加上顾及程玉阶的身份,在没请示程玉阶的情况下,就任命路涛出任了司务长。这引起了徐固盘的注意,他不相信路涛会改邪归正,于是对他很是关注。

（二）

这天，正在边区工作的程玉阶接到革命法庭的紧急通知，要他立即随革命法庭回到乘马岗镇，审判一起案件。

程玉阶虽然不知详情，但还是听从命令，等到了乘马岗镇才知道，案件的被告就是自己的舅公路涛。

原来路涛虽然混进了革命队伍，但内里还是旧商人的筋骨，他当上司务长，就是为了给自己赚钱。

路涛利用采购物品和掌管伙食之便，收了商家行贿的大洋30块。徐固盘听说后，率农会突击检查了司务处，通过核查账目，确定路涛贪污受贿属实。于是抓了路涛，通知革命法庭过来审理此案。

中午，革命法庭的同志进了食堂，准备用餐。徐固盘一见到程玉阶，就得意扬扬地调侃道："程大处长，人们都称赞你大公无私，如今遇到舅公犯法，该如何做啊？"

程玉阶正颜厉色，说道："依照苏维埃政府法律法规，路涛犯了贪污罪。情节严重，提请法庭判处路涛死刑！"

徐固盘倒吸一口冷气，不敢说话了。

程玉阶要公诉路涛死刑的消息传出，程家、路家的亲戚都来求情，程玉阶却坚决地摇头道："各位亲戚，既然我是革命法庭的起诉处处长，就必须维护法律的神圣。路涛虽然是我的舅公，但他犯了法，必须严惩不贷！"

在法庭上，路涛目睹程玉阶向法庭提请判处自己死刑，不禁歇斯底里，指着程玉阶咒骂道："程玉阶，我是你舅公，当年为了你升官发财捐出了所有田地，你竟然敢对我下手，实属大逆不道，你一定会遭到报应的！"

程玉阶没有因为是亲戚而包庇路涛，就这样路涛被处决了。但徐固盘心里并不开心，反倒觉得程玉阶过于冷酷无情，于是找到程玉阶问道："国民党对我们不会坐视不理，不但会武装镇压，也会通过各种方法拉拢、腐化我们。如果你没能经受住他们的腐蚀，又该如何？"

程玉阶道："跟路涛一样，接受革命法庭的审判。"

徐固盘点点头,道:"程处长,我把你的话记在心里了。"

程玉阶笑道:"徐会长,你可以随时监督我的言行。如果真有那样的一天,希望你做我的公诉人。"

不久,程玉阶随革命法庭离开了,但程玉阶对徐固盘所说的话,始终留在徐固盘心里。

(三)

春节期间,程玉阶回到乘马岗镇的家里过节。一家人其乐融融之际,镇外突然传来阵阵枪声。程玉阶赶紧拔出手枪,冲到街上。

迎面就看到徐固盘率领几十名农民自卫军,正向镇外奔去,程玉阶赶紧拦住徐固盘,询问:"外面怎么了?"

徐固盘回道:"国民党支持的反动地主组织了红枪会,纠结了上千人马,向乘马岗镇发动进攻。"

徐固盘说完,就要带领自卫军向镇外冲去反击,程玉阶赶紧拦住,劝说道:"敌人太多了,你们还是带领干部和群众撤退吧。这里由我带领白卫军去挡一挡。"

徐固盘连连摇头,道:"这怎么行?"

程玉阶斩钉截铁地说道:"你比我熟悉地形,我职位比你高,名气也比你大,更能吸引他们的注意力。执行命令吧,赶紧撤退!"

徐固盘没再多说,赶紧去组织干部和群众撤退,而程玉阶率领几十名自卫军战士与红枪会缠斗。对方发觉是程玉阶,立即把他包围起来。就这样,程玉阶成功掩护徐固盘撤退了。

程玉阶和自卫军战士无比英勇,但终究寡不敌众,程玉阶被俘虏,被抓到路涛坟前与敌人对峙,周围围满了被驱赶过来的农民。

程玉阶终于见到了红枪会的首领,竟然是路涛的儿子路春明。

程玉阶见到路春明,转头不语,路春明却瞪着他冷笑道:"程玉阶,论起来咱们还是亲戚,我父亲是你舅公,你却让什么革命法庭杀害了他老人家,实属大逆不道。不过我来时,麻城县国民党党部主任嘱咐我,说你是难得的人才,只要你答应背弃共产党身份,加入国民党,我们就对你既往不咎……"

程玉阶冷笑道:"这是不可能的,我绝对不会背叛自己的选择。"

路春明叹了口气,假惺惺说道:"既然如此,我也无话可说了。程玉阶,听说你是共产党革命法庭的公诉处处长,最是胆大,最是能说,专门对我等所谓的反动地主提起公诉。如今身为阶下囚,你还有胆量对我们提起公诉吗?"

程玉阶神态自若,傲然道:"有什么不敢的!"

路春明来了兴趣,和身边几个头目窃窃私语一番,然后冲着程玉阶竖起大拇指,说道:"程大处长,既然你说敢,那我们就给你机会,就当你还身处什么革命法庭,正对我们几个反动地主提起公诉吧。哈哈。"

路春明等人原本以为程玉阶只是嘴上功夫,其实内心无比彷徨、软弱,于是就想让程玉阶在人前丢丑,抹黑共产党。但程玉阶早就识破了他们的真面目,于是把刑场当成自己的战场,立即对路春明等红枪会众提起公诉,说得慷慨激昂,观看的百姓无不动容,后来甚至叫好、鼓掌。

红枪会的会众们听得冷汗淋漓,畏缩而退。路春明见状不禁气急败坏,指着程玉阶大叫:"妖言惑众,死不悔改。来人啊,把他拉出去,枪决,立即枪决!"

数名红枪军上前,把程玉阶推向荒地里,程玉阶毫无惧色,仍在大声控诉着施暴者的暴行和罪恶。最终,程玉阶牺牲了,但同志们安全了。可见,真正的革命者,面对任何艰难险阻都不会畏惧,永远不会退场。

生日之祭

◇ 耿纪福

这一天,五云山的朝霞格外绚烂。鲜红的太阳冉冉升起,把"杂姓塆"周围的树丛染成了红色。

忠伢的母亲早早地起了床,杀了那只红毛大公鸡,烧了一锅滚开的水,来到门前的柳树下,泡鸡,拔毛。

这是她最近杀的第三只鸡,也是家里的最后一只鸡。

黄麻起义前夜,母亲杀了那只芦花鸡,仔细地拔了毛,用小火炖了鸡汤,低着头端到忠伢手上。她不敢正眼看自己的儿

子,却又忍不住偷偷地看,一直看到儿子喝完鸡汤,又看着儿子带着赤卫队奔向黄安城……

几天后,儿子带着人凯旋。母亲杀了那只麻花鸡,加了一些松菇,炖了一大锅鸡汤,看着孩子们一边喝着鸡汤,一边兴高采烈地说着攻打黄安城的故事……

今天,是儿子的生日。儿子传来口信,说要回家吃顿饭。母亲自是高兴,一大早就忙活开了。

其实,忠伢就躲在垮子对面五云山上的归元城里。听忠伢说,黄麻起义后不久,国民党就攻占了县城,起义军伤亡惨重,死的死,伤的伤。土豪劣绅反动分子趁机还乡,带着国民党士兵捉拿起义骨干。忠伢是赤卫队长、共产党员,是国民党悬赏捉拿的"匪首"……

鸡肉还没炖熟,儿子忠伢就回来了,急匆匆地冲进屋来,一边喊:"大(方言:母亲),熟冇(方言:疑问词)?"一边就冲进灶屋。母亲还没来得及答应,忠伢就从锅里抓了一只鸡腿啃起来。

"看你这伢急的,还冇熟咧!"母亲嗔怪地看了儿子一眼。

忠伢一边生拉硬扯地吃着鸡腿，一边喘着气说："大，山里来了好多国民党兵，我今天怕是躲不过了……"

母亲大惊失色，连忙冲出屋，跑到塆子门口一看，"杂姓塆"早被国民党兵包围了！母亲跑回来，拴上门，急惶惶地说："还吃什么呀？快跑啊！从窗子上翻出去，往山上跑啊……"

"大，今天估计是跑不出去了，你就让我吃个饱吧！"忠伢索性坐下来啃着鸡腿。

母亲疯一般冲过来，拼尽力气，把儿子推向里屋，推向后窗……

忠伢刚刚翻过后窗，屋后阴沟周围早站着十几个匪兵，十几把刺刀就一齐围了上来，往他身上乱捅……

母亲听到惨叫声，冲到屋后，大叫着扑向儿子……

满身窟窿、浑身是血的忠伢躺在母亲怀里，痛得扭曲的脸此时变得安详："大，恩（方言：你）莫难过……我今天过生，满十九了，能在死前吃个饱，我知足了！我，饿了好……几天了，总算，没当，饿死……鬼了……"

傍晚，塆子里"跑反"的人陆续回来，含泪安葬了忠伢。在送葬回来的路上,有人听到呻吟声,在门前塘埂下发现了忠伢的弟弟家伢。15岁的家伢因为经常给赤卫队"通风报信",也被当成"赤匪",被乱棍打成重伤,奄奄一息。众人将家伢送到隔壁塆一个土郎中那里救治了几天,家伢有幸活了下来,却留下终身驼背的残疾。

若干年后,"驼背家伢"——秦祖家,成了我的外公。

在我10岁那年,外公拿着一块镶着木框的烈士证书,给我讲了他哥哥忠伢——秦祖忠的故事。

又若干年后,我写下了这个故事,并在故事后面加上这样一段结尾——

1928年,在五云山下的"杂姓塆",黄麻起义英雄,共产党员,19岁的赤卫队长秦祖忠在他生日那天英勇牺牲!他没有被人遗忘,他的名字被铭刻在红安县烈士陵园的烈士纪念墙上……

注:原"杂姓塆"位于五云山下,1966年扩建"千工堰水库"时整体迁移。

两块光荣牌

◇ 王君林

烈士纪念日前夕,省民政厅及省红办负责人一行,来到大别山下大悟山村汪婆婆家,神情庄重地将两块"光荣之家"的牌子递到老人手中。

民政厅厅长拉着汪婆婆的手解释道:"经过反复调查,确认李二娃是孤儿,没有任何亲属。他当初住你们家,你夫妇待他亲如兄弟,他和你丈夫又是在一起牺牲的,他的遗体也埋葬在你家祖坟中。所以组织上已决议,将他的光荣牌发至你家!"

听了厅长的话,汪婆婆颤抖着接过光荣牌,用长满老茧的双手抚摸着,口中轻轻念叨:"二娃,我的好弟弟!"

手捧着两块光荣牌,滚烫的泪珠顺着汪婆婆脸颊上深深的皱纹滑落。那忘不了、抹不去、痛彻心扉的往事,瞬间像放电影一样,浮现在她的脑海中——

位于大别山西部的大悟山,群山环峙,东指吴越,北连三关,南通武汉,雄视中原。日本侵略者两眼盯着这块战略要地,经常对大悟山发起突然袭击。

1940年冬天的一个早晨,新四军第五师鄂豫挺进纵队驻地。在白果树湾附近汪家冲的上空,一阵阵尖锐刺耳的呼啸声传来,伴着飞沙走石,将这一带侵扰得天昏地暗。接着,日军的五架战机,呈梯形盘旋在崇山峻岭上,从空中扫射后,在村庄、道路甩下炸弹。顿时,山崩地裂,硝烟弥漫,人们的耳膜被震得生疼,眼睛也被刺得睁不开。

当时才二十出头的汪婆婆,挺着个大肚子,在低矮的瓦房里不停呕吐。她的心怦怦直跳,感到躁动不安。刚吃完早饭,身为游击队长的丈夫何大柱，回家跟她商量后，就把自家保存的南瓜、红薯和一袋大米，用箩筐装好，往白果树湾送去。丈夫说，这段时间，日寇围堵封锁得紧。挺进纵队的官兵在深山中打游击，已经缺少口粮了。不吃饱，怎么有劲打鬼子呢？她拉着大柱的手，在丈夫肩膀上拍了拍，笑着说："快送去吧！明年我们再多种些！"

和丈夫同行的，还有新四军收留的孤儿李二娃。这孩子虽小，却非常机灵。大柱怜惜这孩子清瘦得厉害，便跟那个戴眼镜的首长要求，申请让二娃到村中跟自己住在一起。想让他养好身子，长高点、长壮些再到部队去参战。

由于条件所限，当时地方武装都没有配枪。大柱无论走到哪里，都随身带着一把锋利的祖传大刀，他挑着满满一担食物，二娃扛上一把锃亮的红缨枪，他们像兄弟俩，一前一后，行走在通往白果树湾的山路上。

没承想，半路上遇到敌机轰炸。虽然躲得及时，却有几个南瓜顺着山坡滚到山下去了。大柱一手提刀，一手拿着箩筐，到山下去捡南瓜。

突然，从不远处的山脚传来叽里呱啦的声音。原来，有四五个日本鬼子利用飞机轰炸作掩护，前来打探军情。大柱见状，心知走已来不及了。于是朝山上大喊一声："二娃，快跑。"便将大刀紧握在手中，蹲在一棵大树背后。

"日本鬼子有枪，等他们走近了，再动手。干掉一个够本，干掉两个还赚一个。"大柱在心中拿定了主意。

鬼子听到有声音，连忙端起三八大盖，拉上枪膛，一步一步地搜索着。

"大南瓜的有！"一个鬼子瞧见山脚的大南瓜，连忙喊着往那奔去，正好经过大柱藏身的树旁。大柱猛然起身，手起刀落，这鬼子"啊"了一声，便断气了。其他四个鬼子被吓出一身冷汗，等反应过来，便一齐向大柱藏身处开枪。

射击了一会儿，不见动静，鬼子以为大柱中枪了，便向大树靠近。其实，大柱在放倒第一个鬼子后，趁其他鬼子没注意，闪电般冲到离大树丈把远的草稞林中，屏声静气地观察敌情。等鬼子走到草稞林旁，说时迟，那时快，大柱一把扯住一个鬼子的腿，一拖一拽，鬼子应声倒下，大柱迅疾地用刀抵住鬼子咽喉，又解决掉一个。

鬼子还以为大柱在树后，做梦也没想到，对手就在他们脚边的草稞林中。双方距离太近，已不适合开枪。一个鬼子转身向后跑，想拉开距离好开枪。大柱猛喝一声："哪里跑？"正当大柱举刀砍向这个鬼子时，另两个鬼子同时用刺刀向大柱袭来。大柱感到腿上一热，跟跟跄跄地站不稳，大柱咬牙忍住疼痛，整个身子倾向一侧，举起刀，用尽全身力气，将第三个鬼子的脑袋劈下一半。那个往后跑的鬼子，趁机连开几枪。大柱只觉得天旋地转，胸部被鬼子用枪击中，完全不能动弹。另

一个鬼子赶来,用刺刀朝大柱的腹部连捅。大柱血染黄土,气绝身亡。

剩下的两个鬼子,像疯狗般用刺刀在大柱手上、脸上、身上乱刺。山上树林中的二娃,听到大柱叫他快跑的喊声,并没有离去,他紧紧抓牢手中寒光闪闪的缨枪,摸索着靠近正在厮杀的战场。望见这一幕,二娃感到胆从心头起,勇从脚底生。他举着缨枪,利用惯性冲力,从后边猛然一刺,击穿了一个鬼子的颈项。另一个鬼子见来了一个娃娃兵,转身发出一声狂呼:"八嘎!"便用刺刀来对付二娃。二娃的缨枪插在已死鬼子的颈间,他连拔了几次也未拔出,只好松开缨枪,猛然冲到嗷嗷号叫着的鬼子跟前,双手紧紧抱住鬼子的腰,一口咬住鬼子耳朵,用力撕扯。鬼子痛得哇哇叫,抬起穿着皮靴的脚,将二娃踢倒在地,接着发疯似的举起刺刀,朝着二娃捅去,鲜血从二娃口中喷出。

恍惚中,二娃感到有人在扶他。原来是游击队员们听到枪声,纷纷赶过来,收拾了那个鬼子。二娃全身上下都是血,一点儿力气也没有,他瞧了瞧大柱的遗体,对着扶他的游击队员,含糊地说了一句:"和大哥一起。"又用手指了指山坡上。

二娃布满鲜血的嘴角,露出了一丝笑容,便闭上了双眼。

游击队员认识李二娃,明白他的意思。大家分成两路:一路将被鲜血浸染的南瓜拾起,连同红薯、大米送到新五师驻扎地白果树湾;一路将大柱和二娃的遗体背起,护送到大柱家,将二人葬在大柱家的祖坟地。

回忆着往事,汪婆婆难受得揪心。前去慰问的领导虔诚地询问汪婆婆:"老人家,您一家为革命事业做出了巨大牺牲。如果有什么要求,尽管讲!"

汪婆婆摇了摇头,表示自己没有任何要求。随后颤巍巍地走到神柜前,用一条崭新的毛巾将柜面擦拭得干干净净,将两块光荣牌整整齐齐地摆放在上面。

一个枕套的故事

◇ 曹婉婷

在霍邱县烈士陵园的纪念馆里,有一件普通却珍贵的纪念物——一件未绣完的枕套。枕套上绣有"同心抗日,心心相印"八个字,而"心心相印"并未绣完,只留有轮廓。这件未绣完的枕套要从余素芳这位革命战士说起。

在中国的中部地区,有一条蜿蜒绵延的山脉,被人们称为大别山。这条山脉见证了中国共产党的红色革命岁月,是中国革命的摇篮之一。1920年,在安徽省霍邱县城关镇的一处房屋中，随着一阵啼哭声，一个女娃娃来到了人世间。父母给其取名余素芳，字冰梅。余素芳从小就聪明伶俐，父母不辞辛劳供其上学，余素芳也深知家中生活困难，在学校勤奋学习，成绩名列前茅。14岁时，余素芳凭借着优异成绩考上了陆耿女子中学。

余素芳自小就乐于助人，关爱他人。有一次，在放学回家的路上，余素芳和同学看到有一个小孩不慎掉入水中。余素芳沉着冷静，和同学一起将小孩救出，使其转危为安。和余素芳一起救起小孩的同学叫刘斌，上完中学后，刘斌的父母执意将她嫁给地主家的少爷。刘斌心中不愿，但不敢违抗父母之命，心中极度烦闷。余素芳知道后，对刘斌万分同情，并不断开解刘斌。余素芳是一个追求进步的年轻人，她坚决反对封建观念和不公正的婚姻安排。

余素芳鼓励刘斌："你是一个独立思考、勇于追求自由的人，应该有权选择自己的未来。""可是婚姻本就是父母之命、媒妁之言，我的父母是不会放弃的。"刘斌仿佛已不抱希望，心灰意懒地说道。"那么多女子听从父母的安排后，嫁给一个自己不心仪的人，一辈子困在家庭之中，无法实现自己的理想和抱负。难道,你也想过这样的生活吗?"余素芳的话在刘斌的心里埋下种子,在余素芳的帮助下,刘斌鼓起勇气挣脱了包办婚姻的束缚,同余素芳一起离开家乡,踏上革命的征程。

1935年,余素芳考入了安徽第六女子职业学校。1937年年底,华北地区正面临着危急的局势,日本帝国主义的侵略行为严重威胁着中国的领土完整和人民的生命安全。面对这一情况,余素芳和她的同学们积极参加了学校组织的抗日救国游行抗议活动。他们肩负起维护国家利益和民族尊严的责任,毅然走上街头,走进巷口,向人们发放抗日的传单。这些传单详细揭露了日本帝国主义的侵略罪行,告诫人们要保持警惕,团结起来抵御外敌的侵略。

1938年,因为抗战,余素芳的学校被迫停办,余素芳回到家乡。得知姐姐要出嫁,余素芳便买了一个枕套,准备亲手绣上"同心抗日,心心相印"八个字和一对鸳鸯,送给姐姐做嫁妆。然而还未等余素芳绣完这个枕套,她就加入了中共霍邱县委组织的抗日救亡宣传团,团内事务繁忙,使她无法为姐姐赶制嫁妆,余素芳只能将枕套随身携带,希望能挤出时间完成枕套。可谁知她的时间被工作挤满，根本抽不出时间。1939年初，余素芳怀着强烈的爱国情怀和对妇女解放的渴望，毅然决定加入安徽省抗战总动员委员会直属第三十五工作团，积极参与到革命斗争中。这是一支有着重要使命的组织。工作团的主要任务是组织、动员和培训抗战志愿者，为前线提供物资和人力支援。作为一名工作团的成员，余素芳积极参与到组织的各项工作中，包括宣传抗战精神、组织募捐活动、协助军队运输物资等。她尽自己最大的努力，为抗战事业贡献自己的力量。

1940年2月，余素芳加入了新四军江北游击纵队，被分配到合肥广兴集一带，负责一个团的民运工作。当时，这个地区的敌人活动非常猖獗，频繁地对民运活动进行打击。作为一个少女，余素芳面临着巨大的困难，但她从未叫过苦，也没有畏惧过，而是全身心地奋战在第一线。作为负责民运工作的一员，余素芳的任务是走家串户，发动群众参与抗日斗争。她需要不断地去联系和组织当地的农民、工人和学生等群体，向他们宣传抗日救国的重要性，号召大家积极参与抗日斗争。然而，由于敌人的活动频繁，余素芳的工作变得异常艰难。她需要时刻保持警惕,随时应对敌人的袭击和追捕,同时尽力保护自己和群众的安全。尽管面临着巨大的困难和危险,余素芳也从未退缩过。她用坚强的意志和顽强的毅力,始终全身心地奋战在第一线。她兢兢业业地开展民运工作,不辞辛劳地走访各个村庄,与群众交流,争取他们的支持和参与。她积极组织群众参加游击队的训练和行动,不仅提高了他们的抗日斗志,也增强了抗日斗争的力量。

1941年10月4日晚,戴滩村陷入了一片黑暗之中。当地反动地主王慕昭与阜宁县常备二旅中队长盂藩密谋已久的反革命政变即将爆发。他们率领一百名手下,包围了余素芳所在的青年队的住处。夜深人静的时刻,枪声突然响起,余素芳奋勇冲锋,却不幸中弹倒在血泊之中。她被击倒在地,身负重伤,但她想到了组织交给她的重托和肩负的使命,忍痛艰难地站起来。余素芳顽强地向敌人射击,同时组织队员勇敢地突围。她毫不退缩,英勇地抵抗,虽然面对的是敌众我寡的局面。她的坚持和勇敢激励着队员们,他们奋力反击,与敌人展开了激烈的搏斗。然而,情况逐渐不利。子弹耗尽,援军未至。余素芳明白败局已定,她迎着敌人的子弹,毅然冲向他们,身中数弹,壮烈地牺牲在战斗中。余素芳的英勇事迹传遍了戴滩村,激励着更多的人投身于革命事业。她的牺牲被人们永远铭记在心中。她用生命诠释了忠诚、勇敢和无私的精神。当地的老百姓在整理余素芳的遗物时,发现了一件没绣完的枕套。直至牺牲的那一刻,这件枕套都被余素芳携带在身边。这件未完成的枕套成为余素芳坚定意志和不屈精神的象征,它见证了余素芳的执着和奋斗,也成为人们对她无私奉献精神的纪念。

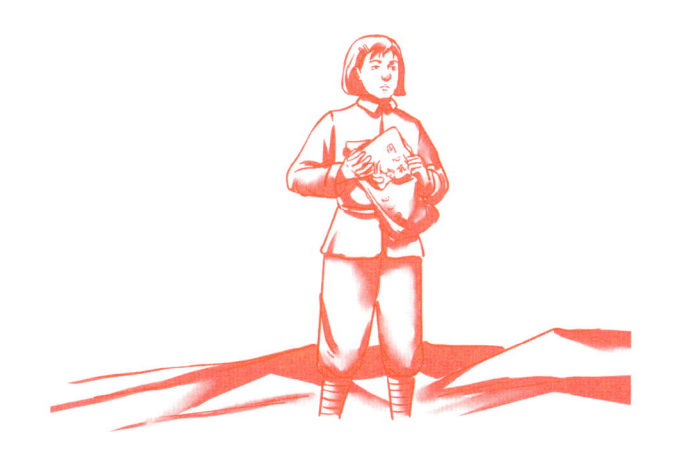

余素芳以自己的生命诠释了对革命事业的无私奉献和坚定信念。她勇敢抵抗反革命势力,为队员们的安全而英勇奋

斗,最终牺牲。她的壮烈牺牲将永远被铭记在人们的心中,激励后来的革命者坚定信念,继续为民族解放事业而奋斗。余素芳的故事将在历史中永远闪耀光芒,成为后人学习的榜样。

陈祥改名

◇ 任少松

1932年9月底,红四方面军主力西去川陕后,中共皖西北道委根据上级指示,成立了中共鄂皖工作委员会,并将部分主力红军和霍山县独立团等地方武装组建成中国工农红军第二十七军。陈祥原名为邸银国,他随霍山县独立团编入红二十七军,留在大别山区坚持斗争。

这年10月下旬的一天,在舒城官庄与敌人的激战中,邸银国左胳膊中弹,鲜血涌流。团长和营长将邸银国等几名负伤的战士召集在一起，给他们每人发了3块大洋，并告知当前的艰险形势，要求他们离开部队。邸银国将大洋归还，坚定地说："首长！我的腿照样能跑路、能爬山，我的右手照样能扣扳机打敌人，我死也不离开部队！"首长被他坚决的态度感动了，批准了他的请求。邸银国带伤继续跟随红二十七军辗转作战，表现得更加主动和勇敢。

1935年2月3日，中共皖西北道委书记高敬亭在太湖凉亭坳（现属岳西县）重新组建红二十八军，邸银国任师部警卫班班长。这年6月下旬的一天，部队在湖北蕲春张家塝与国民党军相遇了。在激战中，邸银国（时任师警卫班班长）再次带头冲杀，打退了敌人一波波的攻势。血战不知道进行了多久，邸班长一连斩杀了十几名敌人后，右腿突然受到了重击。他感到一阵剧痛，但依旧强撑着身体站立起来，继续与敌人搏杀。

待敌人四散而逃后，邸班长才发现右腿使不出一点儿力气了，他被战友们抬下战场。后来，经过医生诊断，邸班长的胫骨已经断裂。

战友们用担架抬着邸银国转移，从蕲春出发，经过英山、太湖、潜山，行程数百里。随后，邸银国被安置在潜山小河南深山里一位姓陈的老汉家。

老汉有个儿子，上山打猎摔坏了腿，也在家里躺着养伤。邸银国主动拿出队伍留给他的一些大洋，让老夫妻俩去集市上抓点药、买点肉回来，老夫妻俩连忙摆手不要。邸银国急了："你们去买点肉回来烧，我们也好得快些。"老人看他这么说，也就从邸银国手中拿了一块大洋，揣在怀里出了门。

翻山越岭后，老人来到了集市上。山沟里的集市不大，倒也热闹，有卖猪肉的，也有卖野猪肉的，还有卖傻狍子的。老汉袖着手转了一圈，突然发现一个小女孩蹲在一个不起眼的角落里，面前有几条鱼用草串着，鱼还在地上扭来扭去。小女孩眼泪汪汪，吸溜着鼻涕，也不叫卖。

"这是个好东西！"老汉心想，"吃了，伤口好得快！"于是老汉便开了口："丫头，这鱼多少钱？"小女孩抬起头，看到了慈祥的老汉，倒也不害怕。"五角。"估计是遇到难事了，不然怎么会让这么小的孩子出来卖鱼，还卖这么贵。想到这里，老汉便一手拎起了鱼，一手拉起了小女孩，转身进了中药铺。

郎中抓药的时候，"我妈妈也生病了！"小女孩突然抬起

头说。"也给她抓几服药吧!"老汉慈爱地摸了摸她的头。"我当是谁呢,原来是她呀。她就是前面山口张家大姐的女儿,母女俩相依为命,这个世道……"郎中应该熟悉母女俩。

药抓好了,老汉不放心,又牵着女孩,把她送到了家。女人挣扎着起了身,挪到篱笆边,老汉已经走远了。她一低头,见女儿一手提溜着药包,一手攥着铜钱。

山沟里,鱼真是个稀罕物,用陶罐子慢慢地煨出来,汤雪白雪白的,老太太还撒上了一把葱花,端上了桌子,真是满屋子飘香。邸银国一看,陈老汉家的儿子不在,便死活不动筷子。没有办法,老汉只好把儿子扶出来了。

于是,隔三岔五老汉便去集市上买吃食,还会经常碰到母女俩在卖鱼。眼瞅着,邸银国和老汉儿子的伤逐渐好了起来,但是谁也没想到,事情又平地起了波澜。

"咣"的一声,院子里的大门被踹开了,老两口赶快披衣起身,借着蒙蒙亮的天色,走到院子里一看,原来是保长带着白狗子们闯进来了。

"陈老头,听说你家天天买好吃的,莫不是家里藏了什么人吧?"

"哪有?我们就两个老朽,还有一个不争气的儿子,摔伤了腿!"

"摔伤了腿?"保长围着老汉转了一圈,"莫不是被枪钻了眼?"手一挥,白狗子们便拥进了屋子。

屋子东厢正卧着一床被子,鼓鼓囊囊的,保长上去狠命一掀,后生的一条腿便露了出来,还贴着碗口大的敷药。保长回过头来便笑着对老汉说:"看来,过几天就能当兵吃饷了!"

老太太赶紧补了一句,说:"娃还不满14岁哩!"

国民党的地痞流氓哪里管这些,便扬长而去了。陈老汉松了口气,赶紧把灶台旁边的柴火垛挪开,把邸银国拉了起来。

"大爷,看来我不能在这里待了!"老汉低着头想了一会儿说:"也是,后山有个山洞,我背你去躲几天。"躲了几天后,邸银国快愈合的伤口又化脓了。老汉想想这一段时间,小保队再也没来过,又把他背了回来,安顿在自家的地窖里,这里至少不像山洞那么潮湿。

老汉的儿子看到邸银国回来非常高兴，一是因为他经常给自己讲革命故事，二来自己有个心思：等伤一好，就随邸银国去参加红军。所以小伙子晚上也愿意和邸班长挤在地窖里拉呱（方言：闲谈）。

这段时间里，老汉夫妻俩也在盘算着：菩萨保佑，这两个孩子的伤赶快好，好了之后赶快到红军队伍里去呀！省得在家里担惊受怕。

俗话说，怕什么来什么。几天后的一个中午，小保队又来了："老东西，上次给你糊弄过去了！"保长的嘴一歪，"呶，带上来！"药店的伙计被推搡了上来。

"老总，我最近可是没有买药啊！"

"老东西，没说你买药。"保长冲上前去甩了老汉一个耳光，"你给张寡妇大洋了？"紧接着篱笆墙外便传来小女孩撕心裂肺的哭声。

一根麻绳先捆了女人，后面捎带着小女孩。女人蓬头垢面，一拐一瘸，女孩也摔破了头，被牵扯着进了小院。

"说说吧，大洋哪里来的？"

陈老汉这一下子语塞了。关键时候老太太倒接上了话:"老总,你也知道的,我家老头儿是猎户,有时打个野物,也能卖个好价钱,就积攒了下来。一个儿子,还不得娶个媳妇不是。可眼看着摔伤了腿,不得抓几味药,买点鱼、肉补一下!"

这时候,老汉回过神了,赶紧从怀中掏出大洋递了过去。掂着手里沉甸甸的银圆,保长心情大好,又捡了一块,狠吹了一口气,凑到耳边听那个美妙的"嗡嗡"声。

眼看着小保队就要出院门,可是保长又回过头来,扬声道:"你家儿子哩?"老汉暗忖,不好!

"搜,把人给我带出来!"保长笑了笑对老两口说,"你以为我不知道你家有地窖吗?"

就在这纠缠时分,地窖的石头从里面慢慢顶了出来。陈老汉的儿子慢慢爬了出来。老太太心疼,一把上去拉住儿子。

"小子,身体不是好了吗?快走快走,和大爷当兵吃饷去!"虽知是留不住了,老太太还是不愿意松手。

"啪"的一声枪响,老太太身子一歪。女人心软,便去抱老人,结果又招来一声枪响。

邸银国在地窖里听得真切，几欲爬出，可是腿却无法动弹，真是目眦欲裂。

……

过了几日，陈老汉牵着小女孩，抹着眼泪，送走了邸银国。

为了感谢陈姓老人再生父母般的大恩大德，邸银国遂改用老人的姓氏，改名陈祥。1936年6月，陈祥参加了岳西沙河便衣队，他以饱满的热情、顽强的斗志投入战斗中，报答陈姓老人等老区人民的深厚情谊。中华人民共和国成立后，陈祥想方设法寻找这位老人，但是一直未果。他为此曾作诗一首："当年斗敌顽，九死换一生；腥风血雨无所惧，全靠众乡亲。"

注：陈祥，原名邱银国，1932年加入红军，1937年9月加入中国共产党。土地革命时期，历任红二十五军战士、红二十八军班长，参加过鄂豫皖苏区第四次、第五次反"围剿"斗争。抗日战争时期，与日伪军和国民党顽军进行了英勇斗争。解放战争时期，参加了解放东北、渡江及解放广州等重大战役，为中国人民的解放事业作出了突出贡献。中华人民共和国成立后，陈祥担任过军区副政治委员、军委工程兵副政治委员等职务，为人民军队的建设和社会主义建设作出了积极贡献。

唐明春"金蝉脱壳"

◇ 任少松

一打起仗来就不要命,号称"王疯子"的王近山尤其喜爱下属唐明春,称他"最能打仗,不怕死"。王近山的女儿王媛媛在合肥的部队里当过很长时间的兵,唐明春和老伴年军也十分钟爱王媛媛,所以王媛媛经常到同在合肥的唐家"蹭吃蹭喝"。唐明春一见到王媛媛,就想到昔日在老领导手下参加战争的峥嵘岁月,便经常向她讲述那时的战斗场景,令她印象最深的便是"金蝉脱壳"了。

那是在土地革命战争时期的一个冬天，天上下着鹅毛大雪，红军十分缺乏衣物装备，唐明春只穿着一件很宽大的棉袄。棉袄或许是缴获的，或许是哪个老乡劳军捐献的，再或许是哪个战友留下来的，反正已有些年头了。棉袄已经污秽不堪，针脚依稀可以辨别，但分不清楚里子和面子了，两面都油光可鉴，滑溜得很。

即使这样，唐明春还拿它当成个宝贝，因为其他人都没有。一到晚上，他就和一个战友背靠背地紧贴在一起，蜷缩起双腿，抱紧双臂，把这个棉袄当作被子盖起来，挨过冬夜的严寒。

唐明春白天穿着它，更像是被装在里面，因为里面啥也没有穿（实际上也是没有衣服穿）。一到行军跑起来，棉袄便晃晃荡荡，冷风嗖嗖地往里灌。所以他一直在盘算，哪天找一条麻绳或一些稻草捆束在棉袄的外面，勒紧系牢，衣服贴着身，风就无隙可钻了。但是那时候麻绳可是好东西，一来难寻，二来寻到了也有其他更要紧的用途，所以他一直未能如愿。稻草虽然算不得好东西，可也不是好寻的。唐明春常年转战的大别山腹地，山多地少，水田更少。本来就不多的稻草一来被人

民群众用来作为水牛、骡子等大型牲口一年四季的饲料;二来用来铺在床上御寒保暖;三来绝大部分稻草被地主老财们在夏初"买青苗"时,一股脑儿买断,抢放在深宅大院里了;四来红军不拿群众的一针一线,又怎么能去水田里祸害庄稼。

可就是这一直未遂的心愿,却救了唐明春一命。一天,部队和国民党军不期而遇,双方杀红了眼,展开肉搏战。那天唐明春的运气实在是不好,一个大个子国民党士兵盯上了他,估计是看到他刚刚砸死两个国民党士兵,精疲力竭了,抑或是他和那两个士兵是朋友、亲属关系,他一上来就抓住了唐明春的棉袄。狰狞的面孔,铁箍似的大手,让唐明春心里有些发慌。他赶紧往外挣拉,但是此时又黑又瘦的他哪是匪兵的对手。棉袄的下摆已经被拉扯成一条斜线,仅存的几颗扣子早就不知道掉到哪里去了。他憋红了脸,额头青筋暴起,咬得后槽牙咯咯响,可还是挣不脱。完了,看来要当俘虏了!唐明春心里想道。

可是,怎么能当俘虏呢?就是死也不能当俘虏啊!就在这思想溜号之时,敌人又来掐唐明春的脖子了。他本能地一缩脖子,呵呵,头居然缩到了领子里面!敌人一把抓空。电光石火之间,一个念头在他心中闪过,这时敌人又伸手来捉他的手腕。唐明春立刻松拳为掌,敌人抓住了他的指尖,唐明春双臂伸直,发力一缩、一低头,连带整个上半身从棉袄里倒抽出来了。冷风吹着,光溜溜的上身,唐明春有些发呆,杵在那里。大个子国民党士兵也是目瞪口呆,一时竟然不知所措。不知道过去了多长时间,在战友的催促声中,唐明春才回过神来。战斗结束了,他又忙不迭地去寻他的那件"宝贝",因为他快被冻僵了。

"幸亏当时没有找到绳子捆上那件破棉袄,否则后果不堪设想啊！"唐明春庆幸地对王媛媛说。王媛媛心里想的却是：看来爸爸说得也不全面，唐明春叔叔最能打仗，不怕死，也很"狡猾"。

注：唐明春，安徽金寨人，1929年参加中国工农红军。中华人民共和国成立后，任万县军分区副司令员，志愿军第11军33师副师长，第60军180师政治委员，安徽省六安军分区司令员。1955年被授予大校军衔，因病于2003年在合肥逝世。

大别山往事

◇ 魏　松

1947年8月，从北面开过来一支军队，进驻大别山。

"打土豪分田地，老百姓自己当家作主，消灭地主人人平等"——这些话听得大伙耳朵根子舒坦极了，每个人心里都乐开了花。

大家也终于知道解放军真像传说中的那样，是为穷人打天下的。

家家户户打开院门，把亲人般的解放军迎进家里。

一个班的战士借宿在老杨家。班长姓吴,是个一说话就先笑的小伙子。

队伍在寨里休整了几天,就和乡亲们打成一片。战士们都是穷苦人家的孩子,个个勤快得不得了,挑水、劈柴、打扫院子,乡亲们打心眼儿里喜欢这支与众不同的革命队伍。

这一天,听说队伍要转移了。

吴班长从兜里掏出一张纸,递给老杨。

"大爷,您知道咱们解放军有纪律,我们在您家里住,是要付钱的。不过,我们暂时比较困难,最后这几天的钱先欠着,等将来咱岳西解放了,您拿着条子找咱自己的政府取钱。这上面有咱首长的签字,到啥时候都算数。"

老杨一听这话,急了:"房子不就是给人住的,我一个人住,空着也是空着,给你们住是我心甘情愿的。咋,这也违反纪律啦?"

吴班长笑着说:"大爷,这可不行,您一定要收下。要不然,我就是违反纪律啦。"

这下老杨更急了："那你们天天帮我干活又该咋算？我看，正好抵了，咱们两不相欠！"

吴班长说："大爷，您快收下吧，您不能眼看着我犯错误呀。"

老杨站了起来，说："走，带我去找你们刘邓首长去，我当面给首长解释清楚。"

"这……"吴班长说，"好吧，这欠条我先收起来。"

部队为了不惊扰乡亲们，也为了隐蔽行军，在凌晨出发。

方圆几十公里的乡亲们纷纷赶来为解放军送行。

突然天降大雨。大家说，老天爷也舍不得解放军，伤心落泪了。

老人拄着拐杖，妇女领着孩子，每个人都高举着一个背篓或箩筐，背篓和箩筐里是黑米饼、绿粽子、白鸭蛋、黄蜜橘……战士们知道，很多老乡家里快断粮了，这一样样吃食不仅是大家的心意，更是一颗颗滚烫的心！

乡亲们把背篓和箩筐举到行进的队伍面前，战士们一手

扛枪一手紧捂口袋,不占老乡一毫便宜,不拿群众一针一线。

朴素的乡亲们不知道如何表达心中的不舍,一个个喃喃念叨着:"保重呀,保重……"

不知是雨水还是泪水,顺着每一个老乡的脸上滑落,很多人脸上淌出了"小河"。

老杨站在人群里,寻找着吴班长。终于,他看到队伍里的吴班长正朝自己走来。他大声叫着吴班长的名字,频频摆手。吴班长看到了他,从队伍里走了出来。

两双手紧紧地、久久地握在一起。班里的战士也纷纷走过来,给老杨敬礼,和老杨握手、拥抱,互道珍重,把他围在中间。

送君千里,终须一别。眼看着队伍越走越远,越走越远,直至看不见了,乡亲们还站在原地不愿离去。

老杨回到家里,换洗被雨水打湿的衣服时,发觉口袋里有一个小纸包。打开外层的油纸,里面是一张欠条。老杨回想刚才和战士们离别的场景,却始终猜不到是谁,什么时候把欠条偷偷放进了他的衣兜,怕被雨水打湿,还特意包了一层油纸。

1948年12月,岳西获得彻底的解放。

和一年前不一样,解放军进驻的时候,彩旗招展,锣鼓喧天。咚咚咚,咣咣咣,震得老杨心跳加速,手心冒汗。

他踮着脚站在欢迎的群众队伍里,期望能看到吴班长的身影。他听说吴班长就在这支解放军队伍里。直到队伍从他面前全部走过去了,他始终没看到吴班长。

老杨到处打听吴班长的消息,却得知吴班长牺牲的噩耗。

当年,吴班长从大别山出发后,由于一路上作战勇敢,屡

立战功,从班长一步步升至营长。在不久前的一次战斗中,他壮烈牺牲。

老杨号啕大哭,伤心欲绝。

那张欠条被老杨悉心保存了下来。临终前,他把欠条无偿交送给了政府。

这张欠条至今被保管在革命纪念馆里,静静地躺在那里,追忆着逝去的英雄们,向参观者们无声地讲述着曾经的故事。

粉身碎骨浑不怕　要守秘密在心间

◇ 胡遵远

吴书芳,女,1914年出生在金寨县吴家店(1932年前属河南商城县南乡)的一个贫苦农民家庭。一家八口人,虽有几亩自耕山田,但被各种各样的苛捐杂税搜刮,又经常遭受乡绅族霸的敲诈勒索,全家常常是缺吃少穿。

吴书芳14岁就参加了革命,1930年加入中国共产党。在保卫和建设大别山革命根据地的斗争中英勇战斗,忘我工作,身陷虎口之后,仍然坚贞不屈,最终英勇就义。

1929年立夏节起义(也称商南起义)的春雷,震撼了大别山区的千山万壑,对吴书芳所在的包畈这个偏僻的小山村,也产生了巨大的影响。广大贫苦百姓在党的领导下,成立农协会、青年团、妇联会等各种革命组织,打土豪、斗地主、分田地,闹得热火朝天。15岁的吴书芳心里乐得像开了一朵花,整天跟着乡亲们一起打土豪、捉劣绅。由于她工作积极,敢于斗争,不久就加入了共青团,成了少年中的积极分子,并被选为乡妇女会的组长。她对妇女工作十分热心,发动妇女做军鞋、缝军衣,为红军家属挑水打柴、代耕代种,经常受到乡苏维埃主席的表扬。

一次,吴书芳本姓的一个不法地主吴中礼,将其剥削来的贵重财物密藏起来。农协会去他家打土豪时收获很少,吴书芳听说后,主动向农协会要求派她带人去搜查。农协会主任夏昌廷说:"吴中礼狡猾得很,你能搜得出来吗?"吴书芳说:"他狡猾,我有治狡猾的办法,保证完成任务!"

夏主任看她很坚决,就同意她去了。

吴书芳是个很有智慧的姑娘,她并不直接到吴中礼家去,而是先找到吴中礼家中的几个长工做了一番调查,得知吴中礼把贵重财物都藏在一面夹墙里。吴书芳心里有底了,便带着搜查队来到吴中礼家,对吴中礼说:"吴中礼,你要放老实些,上次打你家土豪,你把东西藏起来了,对抗农协会。今天你要再不老老实实地将贵重东西交出来,就要当劣绅打了!"吴中礼是吴书芳本家,比吴书芳还晚一辈,一口一声"小姑",叫得比蜜甜,他对吴书芳哭着说家里确实没有什么值钱的东西,要吴书芳搜查。吴书芳毫不客气地说:"查是要查的,不过还是你自己交出来好,要是查出来,就算你不老实,要当劣绅打。东西没收,还要受罚!"吴中礼认为自己东西藏得隐蔽,不会被查出来,便狡猾地说:"查出来我甘愿受罚,查不出来,你们可不能再说我不老实了!"

吴书芳说:"你只要不后悔,就一言为定!"便命搜查队找锄头铁锹,直奔堂屋夹墙,很快把夹墙挖了个大洞。

吴中礼看到秘密被发现,拼命地向吴书芳哀求,说愿意交出财产,不要把他当劣绅打。吴书芳说:"这是农协会章程,谁也不能改!"经过搜查队努力,夹墙很快就挖倒了,几只皮箱全部被扒了出来。

吴中礼只得老老实实地认罪受罚。

吴书芳这一举动受到了区、乡领导的好评,她当即被提升为乡苏维埃妇女主任,并被破格(她当时只有16岁)吸收为中国共产党党员;1931年2月又被提升为区苏维埃妇女部长,经常领导区宣传队、救护队和慰问队到前线配合红军的反"围剿"战斗,多次立功受奖。

1932年10月,第四次反"围剿"失败后,红四方面军主力撤离大别山。当时,吴书芳正在赤南县苏维埃所在地银沙畈学习。县委指示她赶回三区坚持后方工作。就在吴书芳返回途中，敌54师在柯寿恒、郑其玉两股民团的引导下，已经进犯到吴家店、斑竹园一带，烧杀抢掠，无恶不为，三区几乎全部沦陷。吴书芳好不容易才回到三区，区苏维埃干部和武装人员已转入地下活动，不知去向。吴书芳夜间回到家里，遇到大哥吴书炎从前线负伤回来。吴书芳说："共产党员，剩下一个人也要战斗。"于是，她要求大哥和她一起上山打游击。吴书炎虽然身负重伤，还是被吴书芳说服了。他们又找到乡苏维埃秘书吴中云，三个人上了东高山，准备联络各地革命武装力量，坚持斗争。不久，他们就联络上了区苏维埃及五星县独立团的二十多位同志，并和县委取得了联系，成立了三区游击队。由于吴书芳机智勇敢，又参加过几次反"围剿"战斗，有实战经验，便被县委任命为游击队长。从此，这个游击队便以三县（赤南、六安、五星）交界处的三姑寨、大湾和吊桥这三座大山为依托，积极开展灵活机动的游击战争。

为了取得群众的拥护与支持，吴书芳带领队员们帮助这三座山上散居的几十家农民收割庄稼，组织他们和游击队一起下山打地主、搞粮食，解决生活上的困难，很快就和农民们建立了鱼水相依的感情。农民们把游击队看成自己的子弟兵，经常帮助游击队探听情报、传递消息,并在村前屋后都设置了向游击队通风报信的暗号。

一次,游击队员们深夜从前畈回来,发现几户农民设置的"平安无事"标记不在了,吴书芳知道有敌人上了山,立即带队埋伏在进山要道两边的山上。一会儿,就见柯老三的团匪40余人搜山归来。刚走进游击队的伏击圈,吴书芳喊了一声"冲",便带头冲向敌群。敌人不知虚实,被打得喊爹叫娘,狼狈逃跑,以后再也不敢上山了。

为了更有效地打击敌人,配合红二十五军开展反"围剿"斗争,吴书芳经常把游击队员化装成老百姓或国民党兵,到蔡河、前畈和古碑等地截取敌人运输物资,打击敌人。莲花山的肖才汉、佛堂的柯老三、燕子河的黄英等民团,以及国民党七十五师均遭到过游击队出其不意的打击,游击队还拦截了敌人大量的军需品。但由于敌人围剿大别山的兵力不断增多,红二十五军主力转移到外线作战,根据地经常遭到敌人的重兵洗劫,特别是一些地方民团也趁机嚣张起来,依仗国民党正规军撑腰,到处横行霸道,无恶不作……游击队的活动越来越困难了。

三区恶霸地主吴中礼，他家的财物被吴书芳带领农民没收以后，他的父亲吴书长也被苏维埃政府处决了。吴中礼便投靠到燕子河民团头子黄英门下，经常探听吴书芳的消息，要报"清家杀父"之仇。

1933年12月22日深夜，吴书芳带领两个战士下山打听消息，被吴中礼探知，遭黄英匪兵200余人包围。虽然吴书芳和两名战士奋力抵抗，消灭了几个敌人，但因敌众我寡，子弹又打完了，最终被捕。

吴书芳被带到黄匪团部，当夜就受到严刑审讯，他们要吴书芳交代共产党组织和游击队的活动情况。吴书芳毫不畏惧地说："共产党员多得很！游击队也多得很。就是不告诉你们！"

吴中礼也假惺惺地出来当说客，并把吴书芳的弟弟吴书梓也抓来，说："你们姐弟俩都是我的长辈，一笔难写两个吴，只要你答应黄团长的条件，你们都可以安全回家，不然都活不了！"吴书芳痛斥道："你是吃人肉、喝人血的吴，我们从来不是一家。你对黄匪说，我来了就不准备活着回去，叫他少费口舌！"她又对痛哭不止的弟弟说："书梓，不用怕，红军会打回来为我们报仇的,他们的日子不会长的!"

黄英还不死心,便亲自审问吴书芳,但得到的仍是痛斥和责骂。这个杀人不眨眼的刽子手气急败坏,命令匪兵们用乱石将吴书芳活活砸死。

这位年方19岁的大别山之女、英勇的游击队长,直到牺牲前仍然在高呼:"共产党万岁!红军万岁!"

笔架山下初建党

◇ 胡遵远

詹谷堂，1883年出生在安徽省金寨县南溪镇（当时属河南省商城县管辖）葛藤山脚下的一个小山村。由于家境贫寒，直到14岁时他才开始读书。1914年秋，他应聘到河南省固始县志成小学任教。1921年，他与另一位教员曾静华提出倡议并成立了"读书会"。1924年，他加入中国共产党，而后创建了金寨第一个党支部，他是豫东南革命根据地和红三十二师的主要创始人之一。

1924年秋，詹谷堂以教书和讲学作掩护，在志成小学发展曾静华等人入党。詹谷堂认为党组织应该首先在知识分子中发展党员。于是，他决定把发展工作的重点放在家乡的最高学府——笔架山农校。为此，他常以讲学和看望在笔架山农校教书的弟弟为名，将传播马列主义和新文化运动的进步书刊送给笔架山农校的罗志刚、李梯云等进步师生，准备在条件成熟时，到该校建立党组织。正值詹谷堂和曾静华等认为时机成熟、酝酿到笔架山农校建立党组织之际，笔架山农校向他们发出了讲学的邀请函，他们心中暗喜，欣然接受。

10月上旬的一天，詹谷堂和曾静华踏上了赴笔架山农校的讲学之路。到达农校后，学校让詹谷堂的弟弟詹甫堂陪同，安排上课和吃住。

晚饭后，詹谷堂和曾静华回到客房，以了解学生对成语知识的掌握程度和征求授课意见为名，约学生谈话。

詹谷堂先让詹甫堂找来李梯云，这是他们确定要发展的第一个对象。詹谷堂问过学习和讲学情况后，转而让李梯云谈谈自己对时局的看法和学校的情况。李梯云侃侃而谈，詹谷堂和曾静华连连点头，尤其是李梯云绘声绘色地说到学

生和农校廖校董、王财主的两次交锋并取得胜利的情况时,大家笑得前俯后仰。詹谷堂因势利导地问李梯云:"你们两次都赢了,你分析了没有,这是什么原因?"李梯云答道:"这是因为我们都占理。"詹谷堂又问:"还有呢?"李梯云语塞,摇摇头。詹谷堂见状,循循善诱地启发他:"光占理还不行,还要敢于抗争。你看,我们的农民大众饱受地主的剥削和欺侮,地主是没有理的,而农民没有起来反抗,不就一直受压迫吗?"李梯云点头称是。"光有抗争精神还不够,"詹谷堂看着李梯云全神贯注的样子接着说,"最重要的是要有好的领头人。""是的,没有领头人不行。就算有群龙,无首也办不成事。"李梯云深有感触。"比如说,学校这两次的胜利不就是有你在领头吗?"詹谷堂笑着说。"我算不了什么领头的,只是我年龄大一些。周维炯、漆德玮我们几个人志同道合,有事爱在一起商量。"李梯云有些不好意思。

"我知道你们是一个团体,由你领头的一个团体。这个团体很重要。你看,当今社会在帝国主义、封建主义的统治下,灾难深重,百姓困苦,民不聊生,反帝反封建斗争风起云涌。尽管全国各地都在酝酿着奋起反抗,但如果没有一个先进团体统一领导,那还是一盘散沙,是不会胜利的。现在我们光宣传还是不够的,需要有俄国的布尔什维克一样的党组织领导大家干才行。"

李梯云茅塞顿开,眼神发亮:"詹老师,听说我们国家已经有了像俄国的布尔什维克一样的党组织,叫中国共产党,你见到过吗?"

詹谷堂声音放低了些:"确实有这个组织,你愿意参加吗?"李梯云惊讶地说:"还真有这个组织!"他接着又问:"我们这里有吗?"詹谷堂点点头,用期待的目光看着李梯云。李梯云笑着说:"老师参加,我就参加。"詹谷堂小声说:"我已经参加了。"李梯云认真地表示:"那我也参加!""梯云同志,参加中国共产党是光荣的。中国共产党由先进分子、优秀分子所组成,要领导全国人民起来革命,可能要流血牺牲。你怕吗?"詹谷堂紧紧地握住李梯云的手问。李梯云看到詹老师对自己的信任和真诚,感到欣喜和激动,他坚定地说:"老师不怕,我也不怕!"詹谷堂宽慰地笑了。

"梯云,一个人的力量有限,人多力量大。光你参加不够,你看还有哪些人符合条件,能发展他们参加进来?"李梯云不假思索地回答:"我看周维炯、漆德玮、漆禹源,还有漆海峰,他们都可以参加。""老师中呢?""罗志刚老师可以。"李梯云又补充道。"那好。梯云,党组织是纪律严肃的,今天所说,你要绝对保密,不能告诉任何人,包括你刚才说的那几个同学和老师。记住了吗?"詹谷堂神情十分严肃。"放心吧,老师,我一定做到。"李梯云非常认真地回答。"好!你现在去找周维炯同学来。"李梯云转身打开房门,迅速离去。在讲学期间,詹谷堂和曾静华利用休息时间,以听取学生、老师意见的名义,先后找周维炯、漆德玮、漆禹源、漆海峰、罗志刚等谈话,他们都表示愿意加入中国共产党。

在讲课结束的当天晚上,李梯云、周维炯、漆德玮、漆禹

源、漆海峰、李声武、罗志刚等人按照事先的约定先后来到客房。曾静华在外面的房间把门。

詹谷堂庄严地宣布:"从今天起,你们都是中国共产党党员了。我和曾静华同志是你们的入党介绍人,请举起右手宣誓。"宣誓结束,詹谷堂说:"从今天起,笔架山农校党小组就成立了。根据工作需要,由李梯云担任组长,请大家服从他的领导,开展好党的工作。"

金寨地区的第一个党小组就这样在笔架山农校诞生了,随后不久就发展成为党支部,发展了一批又一批共产党员,他们中的李梯云、周维炯、漆德玮等一大批同志后来都成为鄂豫皖苏区党政军中的骨干。

1929年8月18日,詹谷堂不幸被捕。他被带到南溪后,民团头子顾敬之欣喜若狂,亲自审问:"你就是詹谷堂吗?"顾敬之趾高气扬地问道。"既然知道,何必废话!"詹谷堂大声喝道。顾敬之一愣,停了一会儿又问:"詹谷堂,你办的是什么党?""我办的是党上之党!"詹谷堂巧妙地回答。顾敬之见问不出究竟,气得不断挠头,强忍着怒火继续问:"詹先生,你熟读圣贤书,还是个秀才,为什么要干共产党?""为了消灭你们这些吃人的野兽!"

詹谷堂的回答让顾敬之气得说不出话来,顾敬之再也不顾斯文,暴跳如雷,拍着桌子大声吼叫:"打!给我打!狠狠地打!"皮鞭、木棍雨点般地落在詹谷堂身上,他昏了过去。"用凉水浇!"一盆凉水泼过去,詹谷堂苏醒了。顾敬之还没有来得及问,只听詹谷堂说道:"打吧!杀吧!共产党是打不垮、杀不完的!"敌人的第一次审讯失败了。

第二天早晨,顾敬之奸笑着走到詹谷堂跟前,用拉家常的口吻说:"你今年才46岁,家中还有老母、妻子、儿女,你这样死了……""我死了没有关系!革命的种子已经撒出去了,不久就要开花结果。革命的薪火已经点燃,很快就会燎原!你们的末日就要到了!"不等顾敬之的话讲完,詹谷堂的话语就像排炮似的轰过去。顾敬之惊怒交加,但还是压住性子往下问:"你说共产党有多少?在哪里?""多得很!天上有多少星星,地上就有多少共产党员!"詹谷堂嘲弄般地回答,气得顾敬之疯狂地乱蹦乱跳,他恶狠狠地威胁:"你再不讲,我就要你的命!""你杀了我詹谷堂,灭不了共产党!""上刑!上刑!"顾敬之气急败坏地吼道。

用烈火烤,用烙铁烙,詹谷堂咬紧牙关,昏死过去。当天下午,詹谷堂被带出了牢房。他和十多名同志一起被押往刑场。詹谷堂感到最后的时刻到了,他奋力高呼:"中国共产党万岁!打倒国民党反动派!"一阵枪响,同志们一个个倒下,詹谷堂又被带回牢房。原来这是敌人让他陪斩,妄图以此摧垮他的意志,从他身上获取有用的口供。

继续提审,继续用刑,詹谷堂依然有问有答,但敌人想要的信息却一字不吐。

继续陪斩,继续摧残。但是,在威武不屈、富贵不移、大义凛然的詹谷堂面前,顾敬之束手无策!

8月28日的晚上,顾敬之抱着侥幸心理,再次对詹谷堂进行了审讯,依然毫无结果。半夜时分,被打得皮开肉绽、奄奄一息的詹谷堂被拖回牢房。他感觉自己的血快要流尽了,他要在生命的最后时刻给自己的母亲——中国共产党写个告别留言。他挣扎着站起来,用手指蘸着自己伤口上的鲜血,在墙壁上一笔一画地写下"共产党万岁"五个大字。

随后,他就倒在地上,永远地闭上了眼睛……

一件救命的花棉袄

◇ 张会杰

在中国工农红军的战斗史上,红军多次翻越雪山,许多人知道长征时期红军翻越雪山发生在1935年。实际上在1932年冬,英勇的红四方面军便翻越了一座雪山——大巴山。

1932年12月,红四方面军总部决定翻越大巴山,朱致平所在的七十三师二一七团在王树声的带领下,作为全军先遣队出发。当时,朱致平在红三十一军,是先遣队的一名营长。他生于1914年,是河南省新县泗店乡大畈村人。1930年,他这个16岁的放牛娃和姐姐一起加入了中国工农红军。在此后的戎马生涯中,他参加过二万五千里长征,同侵华日军、国民党军队,乃至朝鲜战场上的美军都交过手。他浑身弹痕累累,还被打伤了肺部,造成左侧肺萎缩。在长征时期,朱致平是红四方面军的敢死队队长,曾三过草地、两爬雪山,历经了千难万险,尤其是在穿越人迹罕至的大巴山时,他靠班长送给他的一件红花棉袄保住了性命。

先遣队的主要任务是侦察敌情,勘察并标示路线。一路上,他们每隔五公里就要搭起一些简陋的小棚,作为后面伤病员的临时救护站和体弱战士的休息处。

朱致平和他的战友们在冰山中艰难地爬行着,眼看一天的时间就要过去,临近黄昏,朱致平和他的先遣队在风雪中才前进了不到两千米。战士们的衣服冻成了坚硬的"冰甲",干粮也没有了,大家冷得直哆嗦。作为营长的朱致平明白,如果再不想办法给战士取暖,同志们就很难在巴山雪夜中坚守下去,也就不能完成总部交给他们的任务了。在部队集合时,朱致平正好遇到他的老班长,老班长的身上还背着一大捆稻草,他便问:"老班长,你背这玩意干什么?"老班长拍拍他的肩膀说:"寒冬腊月,身上穿着单衣,能受得了吗?这稻草可是宝贝,白天是棉衣,晚上是棉被。山陡路滑,还可以用它来垫脚。"听完老班长的话,朱致平便带领十几名战士,踏着皑皑白雪,到处找取暖的东西。他们在艰难的搜寻中,终于发现半山腰几户人家门前的打谷场上有几个草垛子。朱致平他们抱着一捆稻草返回队伍中,将这些稻草分给每一位战士,让他们每人编一个草帘披在身上保暖,其余的都带在身上,准备在过雪山时做成蓑衣披在身上。老班长对朱致平说:"上下大巴山足有二百多里地呢,我给你找件棉袄吧。"说完便从背包里拿出一件半新的蓝底红花小棉袄,说是缴获地主家的浮财得来的,是地主家老婆的,嘱咐朱致平把棉袄带在路上穿。当一件大红花棉袄递到自己面前时,朱致平心里很是别扭,一个劲儿地推辞:"穿上花棉袄成什么样子嘛!"直说不穿地主家女人的衣服,老班长却说:"你别逞强,带上!到时候就知道这件花棉袄有多重要了。"在老班长的再三劝说下,朱致平才勉强收下,胡乱塞到自己的背包里。

朱致平在他的回忆录里写道:险峻的雪山越往上攀登,气候越恶劣,棉花球般的大雪,飞卷在空中,大地上混混沌沌,

几十米以外，一切都看不清楚。这一队"稻草人"像是钻进了封得严实的罐子里，眯缝着眼睛，深一脚浅一脚地往前移动。寒风吼叫着，好似结实的布，紧紧地缠着两腿，移动都十分艰难。在寒冷和饥饿中，朱致平和战友们不敢懈怠，继续前行。他们把稻草垫在脚下走过去了，但是许多人踏过之后，草又变得像坚硬的石板，因而后面的人依然是跌跌滑滑，途中不知跌倒了多少次。起初谁摔倒了，还有人笑，后来谁也不笑别人了，个个都跌得冰雪满身。本来已经很出奇的"服装"这时变成了银白色的、坚固的盔甲。记不清攀登了多少笔直的悬崖峭壁，总算是离山顶不远了。上面是漫天的雪浪，高大的树木被雪压得低垂着头。向下一望，白皑皑的山缭绕着淡淡的白云，让人感觉像在腾云驾雾，战士们愈来愈感到腿疼腰酸，呼吸也越发困难。渐渐地，气候更加恶劣，雪花变成了冰雹，伴随着狂暴的山风，猛烈地向他们袭来，不少同志被打得鼻青脸肿。山上的积雪越来越深，从脚面渐渐没及腿肚，路面湿滑难走。他们身上的汗水消失了，裤子冻成了冰筒。有人蹲下休息，"咔"的一声，裤子断下半截，比剪子剪得还齐。手早冻麻了，用气哈，气是凉的，想揣在衣襟里暖暖，身上也是凉的……

途中，朱致平冻得实在是受不了了，想起了老班长给的那件花棉袄，此时也顾不上好看还是难看，也不嫌弃是地主家女人的棉袄了，赶紧穿在身上，腰上扎上稻草，顿时觉得暖和了许多。在行进的路上，他又将衣服披在了通信员的身上，两人相互搀扶依偎。就这样，靠着老班长给的这件棉袄，朱致平最终战胜了风雪，一步一个脚印地走出了大巴山。

朱致平多年以后不止一次地说，要不是碰见老班长，要不是那件花棉袄，可能他就闯不过雪山。那个时候他亲眼看

见，昨天还在一起的战友，第二天早上起来就冻死在雪地里，很多人还是保持持枪而卧的姿势。再后来，因部队在战争时期经常变动，朱致平与那位老班长失去了联系。长征结束后，朱致平一直想亲自向那位老班长道谢，但一直没有打听到对方的下落。直到20世纪80年代，朱致平去石家庄出差，参观华北军区烈士陵园时，无意间发现了那位老班长的墓碑。望着恩人的碑文，他内心百感交集，不禁泪流满面。

"独目上将"巧运枪械

◇ 张会杰

提起周纯全,大别山的人都知道他在长征途中负伤,失去了右眼。1955年,他被授予上将军衔后,人们都管他叫"独目上将"。

周纯全14岁时就只身到武汉谋生,先是在茶楼做杂役,后又进了汉口织布厂当工人。1923年前后,周纯全开始接受进步思想,积极参加党领导的工人运动,被工人们推选为"二七"后援会负责人。1928年,工农革命军第七军创建大别山第一块革命根据地后,随着游击战争的扩大,参军参战的群众日益增多,迫切需要武器弹药。众人经研究商议后,决定派熟悉武汉情况的周纯全到汉口购买一批机械,并想办法运到柴山保区。汉阳兵工厂是全国有名的军工武器厂,周纯全在武汉几家工厂干过,他的黄安老乡特别多,他通过熟人从兵工厂买了30支步枪和一批弹药。可是,怎么把这些武器运出武汉,送到根据地去呢?

当时国民党的军警宪特盘查特别严密。以前地下党组织人员试图往游击区运送军用物资,好几次都没有成功,还牺牲了几位同志。这次是枪支弹药,是敌人重点盘查的禁运物资,其困难程度不言而喻。怎么才能安全运出去呢?周纯全和武汉地下党取得联系后,想出一个瞒天过海的办法。

他们买了一口棺材,把枪支弹药装入棺材,封好钉死,上面盖着黑布,棺材上还绑着一只大红公鸡。由地下党的同志抬着棺材,还有一些同志扮作死者的家属,披麻戴孝,手持纸幡纸钱,一路号啕大哭地护送棺材出了武汉城。

在市郊,有几个巡逻的军警挡住了他们的去路。其中一名瘦高个的警官转动着一双狡诈的大眼,诡谲地盯着棺材:"抬

的什么人？"

周纯全赶紧凑上前："老总，这是我家的老太爷，大前天去世的！"

"哼，真的吗？"

"死人还能骗人吗！他得的是结核病，医院怕传染，叫赶紧埋葬……"

"传染？"警官有点惊恐。

"可不是，要不我们起码得停丧七天呢，但周围邻居都

不同意，怕被传染，所以才……"

警官一挥手："快走，快走！啰唆什么！"

快到一个公路口，一过路口就进入农村了。老远，周纯全看到那里设着一道哨卡，就悄悄嘱咐大家："一齐放声痛哭，闯过哨卡。"

于是，送丧的男女老少一起大哭起来。

"哇——你死得太早了，我好命苦啊……"

"哇——你没享一天福呀，就这样扔下我们走了……"

哨兵上前问话，谁也不搭理，所有人只是一个劲儿地哭喊，哨兵干瞪眼。"爷啊""伯呀""大呀"……弄得哨兵云山雾罩，不知如何处理，只好放行。

就这样，他们闯过了一道道路卡，机智地躲过敌人的盘查，把武器弹药运到了大别山游击区。周纯全的机智勇敢在鄂豫皖根据地被传为佳话。